鬼打棒

蕭逸清——著

好評推薦

《鬼打棒》是一本帶有奇幻風格的少年小說，描繪出傳說與鬼怪等台灣本土風情。以輕鬆流暢的筆觸，展現出新住民少女自我探索與成長的過程，值得一讀。

——暢銷輕小說作家／值言

這是帶著青春氣息卻一點也不恐怖的故事（怕鬼的都可以看！）

——暢銷輕小說作家／DARK櫻薰

虛幻得有如泡沫的願望，真實得宛若在你我身邊的人物，這本書描寫出了一個新時代台灣樣貌。

——資深漫畫與輕小說編輯／陳正益

目次

一、結局

好痛。

我躺在客廳的角落，額頭痛得像要裂開，耳朵嗡嗡作響。

一朵朵的黃色紙蓮花，雜亂地躺在我眼前的地板上。

討厭的紙蓮花。

我摀著額頭站了起來。月光從窗戶照進昏暗的室內，時鐘指著凌晨兩點。

喪禮用的金紙、銀紙與紙蓮花串散落客廳。

怎麼會弄得這麼亂？

我走向紙蓮花，伸手想要把它收拾整齊。

「——！」

手指從紙蓮花上穿了過去，就像我的手沒有實體一樣。

心跳嚇得都要停了。

為什麼我碰不到紙蓮花？

「咿啊——啊啊——」

一陣男孩的吼叫聲從窗外傳來，我向鐵門走去，竟然輕飄飄地穿過了鐵門。

我走下樓梯，來到破舊公寓的大門外。

豌豆大的雨滴從夜空傾盆而下，寒風夾著雨點從我的身體穿過，卻打不溼我的衣裙。大門上貼著一張白紙，「喪中」兩字被雨打溼，糊成一團難認的墨漬。

門前狹窄的巷弄裡，一座用藍色塑膠布與竹竿搭成的簡陋靈堂淒然樹立。

靈堂門口的喪燈被寒雨打得不停搖晃，昏黃燈泡時明時滅。

那是……誰的靈堂？

我打了個哆嗦，走到靈堂門口。靈堂中央掛著一張模糊的照片，黃布桌上擺著幾盆菊花，還有一台播放佛經的舊播放機。

頭髮半禿的中年男人像是睡著了，低頭坐在桌前的鐵椅上。

他的雙眼紅腫，鬍渣爬滿臉上，臉色灰敗而淒涼。

我記得那個人是我的爸爸。

那我是誰？

我怎麼都不記得了？

「咿啊——啊啊——！」

剛才的吼叫聲從靈堂後面傳來，

叫聲惶急、焦躁，又好像很傷心。

我走上大雨傾盆的馬路，朝著叫聲的方向走去。

巷內深處的黑暗如同墨汁，把我整個人吞沒入內。

無邊黑暗中，幾絲微弱光芒，從一個在雨中揮舞球棒的大男孩身上發出。他有一頭淋溼的亂髮，汗衫與籃球褲都溼透了。

大男孩左右跳躍，用一根舊球棒向黑暗裡揮舞，就像在打鬥。

他……是和什麼在打鬥？

男孩的臉轉了過來，把我嚇了一跳。

他的雙眼如銅鈴圓睜，哀傷與絕望在五官間糾結，鏤刻出深刻的悲痛。

「咿啊——小湄——！」

小湄……是靈堂中的死者嗎？

「小湄——！」

他的吼叫聲讓我心慌，頭又開始痛了起來。

一股溫熱的汁液從額頭流下，我伸手一摸，鮮紅的血液沾滿手指。

我慌張地把鮮血往衣服上抹去，我看到自己胸口學生制服上繡的姓名。

「林曉湄」

小湄就是我。

這間靈堂是我的靈堂？

我——死了？

頭痛得快要裂開，我摀著頭倒在地上。

「小湄——！」

逐漸矇矓的視野中，男孩好像看到我，朝著我跑了過來。

我朝他大聲喊叫，雙手張開，但是他卻直接從我的身體穿越。

他的臉上滿是汗水、雨水與淚水，我也是。

如此絕望。

夜雨不停落下，靈堂的燈光明滅，男孩與我在黑暗中互相叫喚，卻無法觸碰到對方。他和我就像分隔在鏡子的兩面，只能相見，不能相擁。

「咿啊——！」

男孩大喊一聲，用球棒指著漆黑巷子的深處。

那裡有著什麼東西，正在呼喚著我。

一股莫名的衝動讓我開始奔跑，向著黑闇深處奔跑。

我不知道那裡有什麼。
但是我必須去。
我忘記一切，專心地奔跑。

二、出征

「小湄——！」

白奕翔大叫著，在房間的床上驚醒。

他習慣性地向枕頭旁邊一摸，鬼打棒就在那裡。

剛才那是什麼奇怪的夢？

夢中一條黑暗的馬路上，自己與「怪鬼」在戰鬥，有一個女孩在旁邊看。

自己叫著那個女孩的名字，那個女孩也在叫他，但是他們都碰不到對方。

好怪的夢，那個「小湄」是誰？為什麼自己會那麼擔心她，叫著她的名字？

「咿啊——啊啊——！」

白奕翔覺得身體好熱，便從床上跳了下來，在房中揮舞著球棒。

破爛的鐵皮屋被他的腳步搖晃，地板上下震動著。

白奕翔一邊揮棒，一邊回想夢中的女孩。

女孩的頭上流著血，好像受傷了。

他沒有見過那個女孩，為什麼會夢到她？

「咳咳……阿翔！你在吵什麼，天都還沒亮——！」

睡在隔壁間的阿公拍打著薄木板牆，要白奕翔安靜下來。

白奕翔仍然自顧自地揮舞著球棒。

晨光慢慢從窗戶滲進來，房間桌上放著別人用過的高中書包與舊制服，是阿公去向新高中的愛心家長義工要來的。

天亮以後，他就要成為一個高中生，到新的學校去上課。

白奕翔討厭改變，為什麼他一定要去上學？

國中已經夠讓人討厭了，他在那裡根本沒有朋友，只有一群憎惡自己的人。

現在他又要到另一個陌生的環境，是不是太緊張了，才會做剛才那個奇怪的夢？不停揮舞著球棒，白奕翔的身體越來越熱。

「國王——將軍——來啊！」

白奕翔呼喊著，衝到鐵皮屋外。

門前的狗屋衝出一隻尾巴斷了的白狗，和一隻缺了眼睛的紅毛公雞。

牠們汪汪咕咕地叫著，配合揮動的球棒跳躍，就像在跳舞一樣。

「咿啊——啊啊——！」

朦朧晨光中，男孩、白狗與紅雞在空地上跳著、叫著，用他們奇異的舞蹈，迎接新的一天來臨。

三、回頭

好亮。

朝陽從大樓間升起，板橋區的府中捷運站出口前，人行綠燈剛亮起。

被交通警察擋下的機車騎士不耐煩地敲著握把，瞪著紅燈的秒數。

我坐在路口的紅綠燈上面。

白色學生裙下是白色的皮鞋，皮鞋下面是經過的行人。走過的人雖多，卻沒有一個人發現我。

為什麼我會在這個地方？

想到之前看到的靈堂，難道我已經變成鬼魂了嗎？

在我茫然望著人群時，一個綁馬尾的女學生吸引了我的視線。

她長得和我好像，穿著跟我相同的學生制服，綁著一樣的馬尾。有一個穿著白色衣褲的女人跟在她的後面。

馬尾女孩快步走過斑馬線後，回頭對後面的女人說：

「阿玉，不要跟著我來啦！」

「哎唷，今天是開學第一天，我想和妳的老師打聲招呼嘛。」

阿玉提著兩個塑膠袋，笑嘻嘻地說。

她的國語不太標準，說話的尾音都會拖一下。

「我要把點心送給妳的老師和同學。」

女孩一邊向前走，一邊不耐煩的說：

「我不是和妳說過，要妳千萬不要來我學校？」

「仁志說我可以來的。」

「阿爸根本搞不清楚狀況，妳先回去啦！」

「那……這些點心妳帶去請同學吃好了，很好吃的。」

女孩不理阿玉遞來的袋子。

「煩死了，反正妳快回家啦！」

「可是……」

「啊，我快遲到了！」

「小湄？」阿玉愣在路邊，看著頭也不回，逐漸走遠的女孩。

小湄？

那個綁著馬尾的女孩——就是我？

我想起來了。一年前高中開學的第一天，我就是這個樣子不理會阿玉，一個人走到學校去的。

那麼現在的我是……回到了一年之前？

站在路口的阿玉像是痴了似的，一直站著不動。

我從紅綠燈上飄下，走到她的身旁。她凝視小湄離開的方向許久以後，用手背擦了擦眼睛。

（好痛！）

我的心臟突然縮緊，像是要裂開一樣劇痛。

為什麼？我不是變成鬼了，怎麼心還會這麼痛？

我試著調整呼吸，讓疼痛慢慢過去。捷運站出口的人如漲潮般湧出，我突然知道，我為什麼會回到一年之前。

為了要改變命運。

腦海中模糊的印象讓我明白，我回到一年前是為了要改變命運。

我不記得過去發生了什麼，連我是誰也記不清楚。

但是我必須前進。

唯一的線索，就是過去的自己。

我邁開腳步，往學校的方向走去。

四、重遇

我就讀的高中在市立殯儀館附近，是一所校史老到不行的學校，連校舍都舊得要命。
我隨著其他學生走進校門，擴音器正在廣播開學典禮的注意事項，新生們進入陌生的教室，等待導師到來。
我憑著模糊的印象走過操場，往一年級的校舍方向走去。
在樓梯入口，莫名的恐懼讓我的腳步停滯不前。
似乎在一年級開學以後，我會遇到什麼可怕的事情。
「林曉湄，妳拉我出教室幹嘛？」
樓上傳來的聲音吸引了我的注意，我咬著牙走上樓梯，看到「過去的我」——另外一個小湄拉著一個紅髮女生從我眼前走過去。
「羅美儀，我有話要跟妳講。」
「放開啦！」紅髮女生猛地把小湄的手甩開，斜眼瞪著小湄。
「越南妹，我和妳不過是國中同班，又沒什麼交情。」
「妳叫我什麼？」小湄生氣地瞪著羅美儀。
「叫妳『越南妹』啊，怎樣？」
羅美儀的身材高大，比小湄高了足足一個頭。
她戴著假睫毛，指甲塗著鮮豔的指甲油。才不過是剛進高中的新生，長髮就染成違反校規的暗紅色。
「有事要請妳幫忙。」小湄確定走廊上沒有人以後，小聲的說。
「什麼事？」
「不要告訴別人我家的事。」

「哦——？」羅美儀露出不懷好意的笑容：
「原來妳怕人家知道，妳的媽媽是越南來的？」
「妳小聲一點啦！」
「越南妹，這麼緊張幹嘛？」
「不要說那三個字！」
「越南妹，妳要我幫忙還這麼兇？」
羅美儀單手插腰，斜眼看著小湄。
「拜……拜託妳啦，看在我們以前同班的分上嘛。」
小湄的態度軟化了，低聲下氣地求情，羅美儀一副愛理不理的樣子。
這時有個老師從樓梯走了上來，羅美儀轉身走向教室，小湄跟在後面，滿是擔心的神色。
我隨著小湄走進了教室，教室裡面還算安靜，同學們正在互相打量，有幾個同一間中學畢業的坐在一起聊天。
「各位新同學，你們好不好啊？」
一個身材矮小，頭髮焦黃的老女人走進教室。
「好——！」
回答的聲音帶著一點失望。老女人的頭髮像是剛洗過的酸菜，眼角爬滿皺紋，看來只比我阿嬤年輕一點。
「真倒楣，導師是個老阿嬤。」
有幾個男生在下面小聲抱怨著。導師在黑板上寫下自己的名字「蔡瑛」，戴上自己帶來的耳戴麥克風，調了調音量。

「咳咳……歡迎來到我們高中。高中的考試比國中難，大家要有警覺心……」
蔡導師的講話像阿嬤一樣嘮叨不停，同學的反應卻不怎麼熱絡。
小湄皺著眉頭聽講，有時她會轉頭偷瞄羅美儀，又再趕快轉回來。
「我是王兆軒，喜歡打電腦……」
「我是陳雅雯，興趣是看書……」
導師要同學照順序自我介紹，幾個人畏畏縮縮地說完後，一個身材高壯，頭髮染成金色的男生蹦上講台：
「我是張浩！興趣是打球和把正妹。女生要把我也可以啦！」
「白痴！」
「你少吹牛啦！」
同學都被張浩逗得哈哈大笑，導師也稱讚他的活潑表現。
有一個人沒有笑，那是坐在最後面的一個男生。他從頭到尾都低著頭，桌子下面放著一個鼓鼓的舊背包，不知道裝著什麼東西。
張浩瞪了低頭男生一眼，走下講台。
「接下來是……白奕翔！」導師唸著點名單上。
「白奕翔？是哪一位同學？」
那個低頭的男生身體突然震了幾下，雙手搖晃著桌子，發出咔咔的聲音。
「你就是白奕翔嗎？輪到你了。」導師說。
「這裡好吵——好吵——」叫作白奕翔的男生低頭吼著。
「你說什麼？」

「好吵——我不要上台——」
白奕翔用力搖著桌子，口中不斷低吼。
「喂，你怎麼了？」旁邊的男同學問。
「我——我不要上台——」
「不行啊，大家都上台了。」
「我不要上台——」
白奕翔的桌子搖得更大力，導師發現情形不對。
「既然白奕翔這麼不願意上台，換下一個同學好了。」
「不公平！」
「他怎麼可以不上台！」
幾個男生大聲抗議，講台上的導師臉色有點尷尬。
磅——！
一聲巨響，嚇了眾人一大跳。
白奕翔握著一根不知從哪裡來的金屬球棒，用力敲在旁邊男生的桌上：
「不要碰——我的鬼打棒！」
看到白奕翔的臉，我幾乎要驚叫了出來，他就是那個在雨中揮棒的男孩！只是白奕翔的個子比較矮，似乎比我記憶中的那個人年紀要小。
白奕翔的制服又舊又髒，頭髮亂七八糟半長不短，大得像兩顆彈珠的眼睛，瞪著旁邊的男生張浩。
剛才還很臭屁的張浩，被他嚇得連人帶椅倒在地上，臉色發白。

「白奕翔，你幹什麼？」導師定了定神說。
「他要拿我的鬼打棒！」白奕翔用球棒指著張浩。
「誰也不許動我的鬼打棒！」
「不……不要衝動！」導師的聲音有點發抖。
「那邊的同學，快去叫學務處的老師來！」
坐在門邊的同學跑了出去，白奕翔雙手高舉球棒不停搖晃，旁邊同學害怕地躲開。
「咕咕咕！」
「嗷——汪汪汪！」
動物叫聲響起，白奕翔桌下的大背包裡，一隻斷尾的白狗竄了出來，後頭還跟著一隻獨眼紅雞。
白狗跑到白奕翔的身前，與紅雞一起對著同學大叫。本來就亂成一團的教室，現在更像是沸騰的火鍋。
「嗷嗷——汪汪！」
「這狗從哪裡來的啊！」
「咕咕——咕——！」
「臭雞！走開！」
「同學——安靜——」
蔡老師揮手大叫，想要同學們鎮靜下來，但是一點用都沒有。
「一年四班，你們在吵什麼！」
一聲雷霆般的怒吼在門口響起，所有人閉上嘴巴，連狗和雞都不叫了。

頭頂比門楣還高的一位中年壯漢站在門口，我還記得他姓嚴，是學務主任。

「你帶球棒來學校幹嘛？想殺人啊！」

嚴主任手指著白奕翔，正要大聲開罵時，一位年輕俏麗的女老師從門口跑進來。

「主任，對不起！請不要罵奕翔。」

「關瑩老師，為什麼不能罵他？」嚴主任不悅地說。

「因為他是特殊生……」

關瑩老師向主任小聲解釋，主任露出迷惑的神情。關老師向白奕翔走去。

「奕翔，你怎麼又生氣了？」

看到關老師，白奕翔的表情稍微緩和，他用球棒指著張浩。

「這個人要偷拿我的鬼打棒！」

張浩發現大家都在看他，漲紅了臉。

「誰要拿你的爛球棒！我只是想看你那個背包放了什麼。」

「誰都不能碰我的鬼打棒！」白奕翔大聲說：

「這會違反我的規定！」

「沒有人會碰你的球棒，不要緊張。」關老師微笑著。

「還有你不能把球棒、國王與將軍帶來學校。這是校規，校規比你的規定大。」

「真的嗎？」白奕翔氣餒地放下球棒。

「我們去輔導室坐一下，好不好？」

「不要碰我的鬼打棒。」

「放心，不會碰的。」

白奕翔與關老師、主任走出教室，白狗與紅雞也跟了出去。
他們才剛離開，教室裡就像煙火炸開一樣吵鬧起來：
「那傢伙竟然帶球棒來教室，有沒有搞錯啊？」
「還帶著狗和雞，他以為他是桃太郎啊。」
「老師！我不要和瘋子同班！」羅美儀誇張地叫著。
「他媽的！開學就遇到瘋子！」張浩氣憤地說。
「他給我記住，我一定要報仇！」
「安靜……大家安靜！」導師有氣無力地喊著。
「開學典禮就要開始了，我們要先打掃教室。」
「啥——？」
「好無聊哦！」
在失望的抱怨聲中，蔡導師指揮同學打掃教室。
說也奇怪，看到白奕翔，我的心情突然變得安穩許多。
這到底是為什麼呢？

五、怪鬼

「這是我的鬼打棒，誰都不許亂動！」

鄔淑枝瞪大眼睛，雙手舉著一根冰棒，學著白奕翔的語氣說。

身旁的小湄笑彎了腰。

「哈哈哈！妳怎麼那麼會學啊？」

公車與汽車把學校前的馬路擠得水洩不通，機車在大車之間向前亂鑽。

小湄與一個胖女生走到商店騎樓下，我悄悄地跟在後面。

胖女生的名字是鄔淑枝，是小湄今天剛認識的同學。

「哼哼，我很會表演吧？」鄔淑枝舔了一口冰棒。

「那個拿球棒的男生真是太奇怪了。」

「白奕翔後來一直沒回教室，不知道他怎麼樣了。」小湄說。

「哇，妳連他的名字都記起來了。」

「因為他很有趣嘛。」

「不是因為他的臉長得不錯帥嗎？」

鄔淑枝活像一尊小彌勒佛般笑著，小湄也跟著笑了。

「他那裡長得不錯了？髒兮兮的。」

「小湄妳的口音好特別哦，妳是不是有點大舌頭啊？」

「沒，沒有吧？我說話很普通啊。」

「好像我阿嬤的越南看護在講中文。」

「我是故意學外勞講話來搞笑的啦。」

「哈哈，學得好像哦。」

鄔淑枝呵呵笑著，忽然看著馬路的對面：

「咦？那裡有一個太太在對我們揮手耶。」

馬路的另一邊人行道上，阿玉手上提著大包小包的，正在笑著對小湄揮手。

「不好意思，我先回家了！」

「怎麼啦？這麼急著要走？」

「再見——！」

不等鄔淑枝回應，小湄已經直接穿越擁擠的馬路，還差點被機車撞到。

阿玉緊張地看著跑過來的小湄。

「小湄，妳這樣子好危險啊！」

「妳在這裡幹嘛？」

「我去買一些店裡要用的菜，想說妳可能快回家了，就在這裡等。」

阿玉有點膽怯。

「妳很煩耶！都被我同學看到了！」

「我被看到又有什麼關係？」

「反正妳……不要讓我同學看到就對了！」

小湄不滿地把阿玉手上的幾個提袋搶過去，快步離開。

「趕快回家啦！」

「……好啦。」

小湄跟阿玉提著菜往回家的路上走去，阿玉的表情帶著難過與不解。

好奇怪，為什麼這時的小湄，不想讓同學看到阿玉？

對於阿玉的事，我也記得不太清楚了。

刺耳的嗩吶聲從馬路前方傳來，夾雜著播音器放出的孝女哭喪歌曲。

因為鄰近市立殯儀館，這條馬路上常有出殯的隊伍。七八輛喪禮花車緩緩從馬路的那一端開來，看來這次出殯的陣仗還不小。

車隊中間是一輛黑色加長型靈車，車頭放著花圈與死者的照片，照片中的死者面貌兇惡，有點像電影裡的黑道老大。

小湄忽然看著靈車後面，驚訝地叫了出來：

「他怎麼會在這裡？」

「咿啊——啊啊！」

一個手持球棒的高中生，雙手揮舞球棒在空中畫著圈子，追著靈車大聲吼叫。

那是白奕翔！他在做什麼？

「那個孩子好奇怪，人家在辦喪事，他去追車會惹人家生氣的。」阿玉說。

「那個人……是我們班的同學！」

「小湄！妳要去哪裡？」

小湄背著書包跑了起來，跟在靈車與白奕翔的後面。花車上的葬儀社員工與喪家家屬對白奕翔叫罵了起來。

「幹！哪裡來的肖仔！」

「少年仔，快滾啦！」

白奕翔對他們的叫罵聲渾然不覺，只是專注地跟著靈車跑著叫著。

有一輛花車放慢速度，兩個胸口別著麻布，臉色不善的黑衣男子從花車躍下，擋住白奕翔。一個嚼著檳榔的黑衣男子推了他一把。

「少年仔，你在亂什麼？沒看到我們大哥在辦喪事嗎？」

「你簡直是欠打！」另一個男子說。

白奕翔忽然睜大眼睛，指著靈車上空的某處大喊。

「那裡，有怪鬼來了！」

「什麼鬼……」

嚼檳榔的男子還在疑惑時，白奕翔的球棒已經用力揮出，向著男子的頭部上空處打了過去。說也奇怪，那裡好像有什麼東西把球棒擋了回來。

白奕翔更為亢奮，球棒再次揮出，這次在空中被看不見的東西夾住。他想要把球棒抽回來，卻大叫一聲，被男子揮出的拳頭打倒在地。

「肖仔！再裝神弄鬼啊！」

嚼檳榔的男子呸的一聲，把紅色的檳榔渣吐在白奕翔身上。白奕翔坐倒在地上，指著男子的後面大喊：

「有怪鬼——在你後面！」

「恁爸才是鬼啦！我大哥出殯也敢來亂，幹！」

男子又揍了白奕翔一拳，還用腳尖不斷踢他。小湄被這暴力場面嚇呆了，阿玉跑到她的身邊。

「怎麼辦？那個人是我同學，他被人家打了！」

「那邊巷子好像有警察……我去叫他們來！」阿玉慌張地說。

白奕翔雙手護著頭趴在地上不動，任由黑衣男子胡打亂踢。不知什麼原因，看到白奕翔被打，我的兩眼發燙，淚水忍不住流了下來。為什麼我會這麼難過呢？

「幹！下次不要再給恁爸遇到！」

打人的男子看到路邊看熱鬧的人越聚越多，呸了一聲，與同夥的男子跳上花車開走了。這時其他花車與靈車早已離開，阿玉領著一個警察從對街走了過來。

「剛才打人的人呢？誰有看到？」警察大聲問著。

看熱鬧的路人不想惹上麻煩，紛紛四散離開，只有白奕翔還痛苦地趴在馬路邊上。他的白色制服上衣被檳榔汁吐得赤紅點點，看來十分嚇人。

「喂，你還好吧？」小湄蹲在白奕翔的身旁問。少年閉著雙眼，好像已經被打昏了過去。警察走到他的身旁看了一下，轉頭問阿玉：

「妳有看到是誰打他嗎？」

「我看的不太清楚，他們在辦出……出殯……」

阿玉不太會說「出殯」這兩個字，說了半天才講出來。警察聽出阿玉的口音不對，皺著眉頭說：

「小姐，妳不是台灣人哦？從哪裡來的？」

「越……越南……」

「妳是哪一家請的看護？是越南新娘？還是來賣的？」

「她是生我的人！」小湄站起來，生氣地對警察大叫：

「阿玉不是外傭！也不是什麼來賣的！」

「是越南新娘啊。」警察聳了聳肩。

「沒有啦，有些越南的是來賣的，要先問一下。」

「你是要問什麼！」小湄氣得臉都紅了，阿玉拉著她的手勸道：

「算了啦，小湄。先救妳的同學啦。」

「等一下，我還沒問完。」警察說。

小湄她們與警察談話時，我跪在白奕翔身旁，撫摸著他的額頭。雖然他無法感覺到我，但是我好想幫助他。

「小姐……救命啊！」

忽地一隻手從後面抓住我的肩膀，把我嚇得跳了起來。一個全身白色，滿臉驚恐的中年男人對我大叫：

「這裡——有鬼啊！」

這個男人怎麼碰得到我？我定了定神，發現他和靈車照片裡的大哥長得好像，難道他和我一樣，也是白色的鬼？

一股森冷寒氣襲上我的後頸，我緩慢地回頭，看到從未見過的可怖情景。

兩具如同墨汁凝固而成的黑色人形軀體，從地上緩緩蠕動升起。

黑色人形軀體一高一矮，高的那一具人形足有三公尺高，矮的高度只到我的頭部。他們的身體像是墨汁或柏油，表面不斷膨脹收縮，給人極為噁心不祥的感覺。

「鬼……那是鬼！」中年男子害怕地看著黑色人形，忽然轉身拔腿就跑。

「不要抓我！」

「桀咭桀咭桀咭桀咭……」

兩具黑色人形發出詭異叫聲，邁開雙腳往中年男子追了過去。他們走得好快，才一瞬間就把中年男子給前後包圍住。中年男子跌跌撞撞地想要從兩個人形中間逃脫，卻被他們的四隻黑手緊緊勒住脖子。

「咳嗯咳……」男子喉嚨發出痙攣般的怪聲，再也無力掙脫。

這是惡夢嗎？我目瞪口呆地看著這駭人的景象。有一隻怪物朝著我轉過頭，似乎看到了我。

一個聲音在我的腦海深處響起，那是白奕翔的聲音。

（小湄——快逃！）

「咦？」

好像有人在叫我的名字。我回頭一看，背後除了馬路與行人以外，什麼都沒有。我向還在和警察說話的阿玉問道：

「阿玉，妳剛才有叫我嗎？」

「沒有啊？小湄。」阿玉搖了搖頭。

我看著躺在地上的白奕翔，他的嘴巴痛苦地張開，但是並沒有發出聲音。是我聽錯了嗎？

「警察先生你先別問我的事，救這個孩子優先啦！」阿玉著急的說。

警察拿起通訊機，講了一些話以後對我們說：

「剛才打人的人我們會再去找，你們留一下資料，以後再找你們作證人。」

「那我的同學怎麼辦？」我說。

「我已經叫救護車了。」警察拿出紙筆給我們寫。

「嗚——嗚啊！」

白奕翔突然發出野獸般的嘶吼聲，把大家嚇了一跳。

他用球棒支撐著身體，搖搖晃晃地站了起來。

「白奕翔……！」

我被白奕翔可怕的表情嚇到了。他的眼窩被打得瘀黑，嘴角破裂，充滿血絲的雙眼兇狠地瞪著空中，手中的球棒高高舉起。

「怪鬼……放開那個女生！不要抓她！」

「你在說什麼？」我抬頭向上看去，卻什麼都沒有看到。

「同學，這樣很危險哦。」

警察伸手去抓球棒，白奕翔向後一躲，球棒指著我大喊：

「有怪鬼在抓女生！和她長得一樣的女生！」

「你再不冷靜，我要把你抓起來哦。」

警察手放到腰間的警棍柄上，白奕翔突然舉著球棒朝我衝過來。

「怪鬼，放開她——！」

「哇啊！」

我被白奕翔嚇得跌倒在地上。

他從我的身旁跑過，奮力一躍，雙手握著球棒向上空打去。

噗嘰！

球棒在空中似乎敲到什麼東西，倒彈了下來。

白奕翔狼狽地摔倒在地，不過他打了個滾，馬上又悍勇地爬了起來。

「對！放開她，快滾——！」

白奕翔揮舞球棒，好像在追逐什麼般亂叫著向前跑。

「喂！你別跑！」

警察拿著警棍緊追在他後面，兩人拐彎到小巷後，很快就看不見了。

「那個男生真的好奇怪哦。」

阿玉搖了搖頭，把我給扶了起來，我拿的菜已經掉了滿地。

我覺得額頭有點刺痛，伸手一摸，指頭沾著一抹鮮血。

「妳流血了！」阿玉大叫。

「可是……沒有傷口啊？」

我奇怪的摸著額頭。阿玉用衛生紙幫我把額頭的血擦乾淨，也沒有發現傷口。

「好怪，怎麼會這樣？」

「可能是被白奕翔的血濺到啦。」我說。

看著白奕翔消失的方向，我的心中充滿了疑問。剛才的確有人在叫我，那個聲音有點像是白奕翔，可是他怎麼會叫我「小湄」呢？

「唉……」

「妳怎麼啦？」

「今天發生了好多事，我好累。」

「媽媽回去煮好吃的菜給妳吃。」阿玉笑著說。

「不用，我吃不下。」我搖了搖頭。

為什麼她總是想要討我歡心？她越是這樣，我就越不想理她。

我們蹲在人行道上，撿起一些還能吃的菜葉放入袋中。

「走啦，我很累，想早點回家。」

希望白奕翔不要有事。他這麼瘋瘋癲癲的，難道真的是腦袋有問題？

雖然對他有點同情，但是我現在自己的事情都煩不完了，也幫不了他什麼。

六、有鬼

「爸，我回來了！」我用力喊著。

「你們……回來啦。」

坐在店裡發呆的爸爸抬起頭來，笑著點了點頭。

熱鬧的板橋觀光夜市入口牌樓旁，有一座水泥斑駁，老舊簡陋的東興橋。

東興橋通往舊社區，橋頭有幾間窄小寒酸的商店。

其中最小、最破爛的一間，就是我們家的小吃店。

「橋頭小吃」的黃色招牌斜掛門前，鐵皮屋頂與三夾板搭成店面，桌椅上鋪著塑膠布，放小菜的鐵櫃隔出狹小的廚房。

除了幾張越南美女月曆以外，沒有什麼裝飾。放給客人點餐的菜單紙。每個桌上厚厚的一本，幾乎都沒被用過。

現在這種晚餐時間，店裡還是沒有半個客人。

「怎麼……這麼晚……才回來。」爸爸口齒不清的問。

以前他在工廠事故耳朵受傷，聽不清楚以後，講話也變得結巴。我們和他說話都要對準他的右耳，還要說得很大聲。

「仁志，今天我們遇到一件很怪的事！」

阿玉把提回來的菜放在桌上，大聲說：

「有一個小湄的同學，他好奇怪！」

我白了阿玉一眼。

「你們在……說什麼？」爸爸問。

「沒有啦，什麼事都沒有！」我不耐煩的說。

「是哦……沒事就好。」爸爸憨厚地笑了。雖然他頭髮禿禿的沒剩幾根，嘴巴天生歪一邊，但是我滿喜歡他的笑容。

「小湄……休息，阿爸……來弄吃的。」

「你坐著就好啦！」阿玉把要站起來的爸爸壓在椅子上。

「我來煮，小湄妳想吃什麼菜？」

「我……來煮。」

「哎唷，就說我來啦。」

阿玉與爸爸爭著要做菜，我坐到角落的圓桌旁，拿出作業來寫。

雖然很累，我還是想在爸爸面前裝成好孩子的樣子。看到爸爸與阿玉一起擠在狹窄的廚房做菜，讓我有點不舒服。

爸爸真是個笨好人，阿玉對我們做了那種事，他還是對她那麼好。

「仁志啊，那件事你有考慮過嗎？」

「妳是說……不行啦。」

阿玉不知道在和爸爸說什麼，我打了個呵欠，正想先回公寓家裡休息時，阿玉忽然指著廚房後門，尖聲大叫：

「有鬼啊——！」

爸爸伸手把阿玉拉到身後，我跑進廚房，看到後門外面的黑夜裡，一張焦黃的皺皮老臉慢慢浮現。

「真的有鬼！」

「死囡仔，恁祖嬤還沒死咧！」

一個白髮斑斑的老太婆撐著拐杖從黑暗中走出，瞪著我罵。我這才看清楚是我的阿嬤。對我們家來說，她比鬼還要可怕。

「媽……妳怎麼會……在那裡？」

爸爸趕緊把阿嬤從後門請進來，阿嬤氣得用拐杖敲著爸爸的小腿。

「這是什麼媳婦，竟然叫婆婆是鬼！」

「沒有啦，媽！」阿玉連忙道歉。

「我不知道是妳，才會叫這麼大聲。」

「我看妳是巴不得我去死啦！」

「沒有啦！我沒有……那個意思啦！」

阿玉緊張地想解釋，台語又不熟練，吞吞吐吐的講不好。爸爸陪笑著對阿嬤說：

「媽……先坐下來……再說。」

「哼！我會給這個越南的氣死！」阿嬤氣呼呼地往椅子上一坐，眼光在空盪盪的店裡掃來掃去。我硬著頭皮的打招呼：

「阿……阿嬤妳好。」

「哼！」阿嬤瞪了我一眼。

「妳也當我死人，叫鬼叫那麼大聲。」

「媽……妳在後門那裡……做什麼？」爸爸問。

「來看你們有沒有賺錢啊！」阿嬤用拐杖指著店裡。

「這裡別說人客了，連狗都不要來。這間爛店，趕快收一收啦！」

阿嬤和有錢的大伯一家人住在捷運周邊的大樓裡，有時過來我們家走走，一來就是罵人。以前阿嬤是和我們住在一起的，但是阿玉惹出了那件事以後，她就搬去和大伯一起住。阿嬤非常討厭阿玉，連她生的我也一起討厭。算了，反正我也不喜歡她。

「阿志，老母說的你有沒有聽到！」

「妳說什麼……我聽不清楚。」

「要你把這間店收一收啦！」

「休……休息？」

「誰要休息！我說要你把店關了！」

「把……燈關了？」

「阿志！我會給你氣死！」

看到爸爸對阿嬤裝傻，我暗暗地覺得好笑。這家店的房東是阿嬤，她還是很疼爸爸這個小兒子，不會真的要我們把店關掉，只是藉這件事來欺負阿玉。

看到阿玉在旁邊搗著嘴，想哭又不敢哭的樣子，我又笑不出來了。為什麼世界上有這麼多煩人的事？我把視線轉開，看向漆黑的窗戶。

窗外有一張白色少女的臉。

少女的眼睛在看我。

和我長得一模一樣的臉，在看我。

或許是剛才被阿嬤嚇過一次的關係，這次我沒有大叫。我作了個深呼吸，等嚇得快停止的心臟恢復跳動以後，我走出店門口，向窗戶的外面看去。

昏暗的東興橋上汽車呼嘯而過，沒有可疑的東西。

是我眼花了嗎？我轉過身，想回店裡。

白色少女就在我眼前。

和我完全一樣的少女臉孔朝著我逼近，蒼白的額頭上流著鮮血，嘴角微動。在她開口之前，我已經放聲尖叫。

「有鬼——啊——！」

我嚇得雙腳一軟，坐倒在店門口，爸爸和阿玉從店裡面衝了出來。

「小湄！怎麼了？」

「有一個女生……頭上流著血……」

「沒有啊？哪裡有女生？」阿玉納悶地說。我睜大眼睛，那個白色女生又消失了。

「我真的有看到！」

我站起來繞著店走了一圈，但是怎麼都找不到那女生。

「是不是你看錯了？」阿玉問。

「小湄……妳發燒了嗎？」

爸爸伸手想摸我的額頭，我把他的手撥開。

「我明明有看見的！」

「哼！動不動就說看見鬼，和伊的媽媽一個樣。」

阿嬤從店裡走出來，尖酸的說：

「外籍的生的就是這樣，歹人生歹子。」

阿玉滿臉通紅，發抖的聲音從緊咬的牙縫中漏出來。

「媽……妳怎麼這麼說……」

「爸！我不舒服，先回家去睡覺囉！」

我打斷阿玉的話，高聲對爸爸喊道。爸爸拉住阿玉的手，把她推向我。

「阿玉……妳先和小湄……回去休息。」

阿玉紅著眼還沒回答，我已經拿起書包拉著她往外走。

「仁志啊，你這媳婦是怎麼教的，這麼沒禮貌……」

阿嬤在我們的身後碎碎唸著難聽的話，我只是拉著阿玉往前走。

阿玉低著頭，肩膀不斷顫抖，似乎正強忍著哭泣。離開店裡一段距離以後，我用力甩開阿玉的手。

「小湄……？」阿玉抬起頭，滿臉都是淚痕。我望著她紅腫的眼睛，小聲的，一個字一個字的說：

「妳·活·該。」

「小湄？」

「妳——活該——！」

我轉身把阿玉留在黑暗裡面，往前面大步奔跑。我要跑得讓她追不上，我要跑得讓誰都追不上。

七、白目

初秋的陽光灑落在學校的運動場上，上課鐘聲已經響過。我們一年四班排成體育隊形，等著體育老師來上課。

因為沒排隊會被罰跑操場，愛耍白痴的男生也抱怨著排好隊，除了一個人以外。

白奕翔從隊伍裡走了出去，蹲在跑道旁的榕樹下，把負責整隊的體育股長張浩氣得半死。

「台灣人對死亡的觀念是靈魂不滅，認為人就是肉體與靈魂的結合，當人死後，肉體歸於塵土，靈魂卻永存於天庭與地獄之間……」

白奕翔蹲在樹下，對幾顆石頭喃喃自語，張浩走到他的身邊：

「哭爸啊！白目你在唸什麼鬼？還不快來排隊！」

「為……為什麼我的位置和早上的不一樣？」白奕翔瞪著石頭。

「早上排的是升旗隊形，現在是排體育隊形。」張浩說。

「和早上不一樣，我不要排。」

「你……！」張浩氣得抬起腳想踢他，隊裡同學對白奕翔大聲亂罵：

「死白目又在那裡耍白啦！」

「腦殘啊，在那裡唸什麼鬼！」

帶頭罵的羅美儀連髒話都飆出來了。

我站在隊伍的後排，看到大家罵得越來越兇狠，心裡有點不舒服。

開學一個月，白奕翔已經不知闖了多少禍，全校都知道我們班有一個「白目」。白目就是說一個人不會看別人的臉色，這綽號滿適合他的。

白奕翔來學校一定帶著他那根「鬼打棒」，關老師要費很大的力氣，才能說服他把球棒寄放在輔導室。

白奕翔說話從來不看著對方，讓人覺得很沒有禮貌。

別人一碰他，他就會生氣，也很討厭待在吵鬧的地方，有機會就往輔導室跑。

他平常看起來楞楞的，但是只要覺得對他不公平，就會氣得抓狂，甚至還會動手推人或踢人。

「去死啦！」張浩受不了白奕翔一直不排隊，終於從背後踹了他一腳。

「你！為什麼踢我！」白奕翔生氣的推了張浩一把。

張浩推了回去：「踢你又怎麼樣？你這個死白目、垃圾！」

張浩在開學被白奕翔嚇倒丟了臉以後，就一直把他當作眼中釘，兩人已經不知衝突多少次了。

「我的名字不是垃圾！」

「你就是垃圾！快滾啦！」

眼看兩人就要打起來時，體育老師吹著哨子從跑道那頭跑了過來，中年發福的肚子不停搖晃。

「一年四班，你們在吵什麼！」

張浩裝作一副什麼都沒發生的樣子，白奕翔卻還是不住口地罵著：

「你才是智障！我不是智障，你才是……」

「白奕翔，不要罵了。」體育老師臉色不悅走過去。

「你是智障！你是……」

「給我閉嘴！」

體育老師怒吼一聲，白奕翔才不再說話，但是眼睛瞪大，握緊拳頭，非常不服氣的樣子。

「你們班到底在吵什麼？」

「都是白目啦！他不好好排隊，還動手打人！」張浩裝成好孩子的樣子，加油添醋地把白奕翔動手的事講了一遍，自己踹他的事卻都沒提。

「白奕翔，他說的是真的嗎？」老師問。

「張浩騙人……他用腳踢我！還……罵我！他們也……罵我！」

白奕翔想要幫自己辯護，但是他一急起來說話就不清楚，說得不清楚他就越急，連脖子都漲紅了。

「老師，是白目不排隊，還隨便罵人！」

「處罰他，罰死最好！」

同學都幫著張浩說話，白奕翔憤怒無助的眼神掃過我的臉上，我趕緊把頭轉開。

雖然我對白奕翔有點好奇，還有些許同情，但是可不想被認為與他有什麼關係，我只想過平靜的學校生活。

（小湄……）

突然有一個聲音在我的腦中響起，我左右看了一下，沒有人在叫我啊？

（妳得幫他……白奕翔……）

這個聲音……好熟……

是……

我的聲音？

「不要吵啦！安靜！」

體育老師大聲叫著，全班同學安靜下來以後，每個人眼睛都望著老師，看他怎麼處理。

老師輕咳了一聲：

「老師不能處罰白奕翔，他和你們不一樣。」

老師的話就像沙拉油倒入熱鍋，一下子炸了開來。同學憤怒地抗議：

「老師你偏心！」

「這太不公平啦！」

「白奕翔有什麼不一樣？」張浩喊著：「為什麼不能處罰他！」

「他是……我不能說……」體育老師一副不小心說溜嘴的表情。

「反正他和你們不同。」

「你騙人——可惡！」

白奕翔突然朝著張浩衝了過去，張浩被撲倒在地上，兩人交纏扭打了起來。

「住手！不可以再打了！」

老師想要把白奕翔拉開，但是他緊緊壓在張浩身上，拉都拉不開。

男生們一擁而上，七手八腳地想要把白奕翔拉起來。

「好痛……他咬我！」

「混蛋！你還動！」

在老師和眾男生合力之下，終於把白奕翔壓制在地上。他還是不斷用力掙扎，體育老師氣喘吁吁的，回頭對我們女生大喊：

「誰去叫那個……專門管白奕翔的輔導老師來！」

「我去！」

似乎有一股力量驅使著我，讓我轉身離開隊伍，朝著輔導室跑去。

為什麼我會這麼著急呢？剛才聽到的聲音是什麼？我一面思索著，一面越過校舍穿堂，朝著輔導室的方向跑去。

八、亞斯伯格症

午休時間吃完飯以後，我拉著鄔淑枝陪我到輔導室找關瑩老師問事情，其實我是想知道白奕翔的情況。

早上他打架被制止後，就被關老師帶到輔導室去了。輔導室的老師說關老師在開會，要我們去會議室找她。

「關老師！這是白奕翔第幾次鬧事了！」

我和鄔淑枝才走上樓梯，就聽到嚴主任的怒吼聲從會議室傳來。

會議室的大門沒有關上，門口貼著「特殊個案緊急會議」的字條。

「他們好像在討論白奕翔的事耶。」我說。

「白目？」鄔淑枝滿臉嫌惡，好像在說什麼噁心的字眼。

「那個愛用暴力的傢伙，最好是把他給開除啦！」

「烏梅汁，妳別這麼說嘛。」

烏梅汁是我給鄔淑枝取的外號，她每次聽到都會一直笑，這次卻臭著一張臉。

「反正我討厭那種人就對了。」

我望著稍微打開的會議室大門。

「那……我們該怎麼辦，進去找關老師嗎？」

「主任在罵人耶！我們先回去啦。」

「等等，我偷看一下……」

我放輕腳步，悄悄地從門縫間偷看，不由得吃了一驚。

會議室裡除了關老師、學務與輔導主任以外，國文、英文、數學、體育老師……任教我們班的老師都到齊了，導師也來了。

學務嚴主任像鐵塔般站著，對著輔導主任與關老師大聲質問。

「輔導室到底有沒有在管這個白奕翔？為什麼他一直在鬧事，而且還一次比一次更嚴重？」

輔導主任是個瘦小的中年女人，面對咄咄逼人的嚴主任，有點緊張地回答：

「白奕翔是特殊學生，我們已經很努力在輔導他。」

「你們說白奕翔是那個什麼阿……阿斯什麼……」

「亞斯伯格症候群。」輔導主任說。

「腦神經方面與常人相異，患者的智力與常人相同或更優異，但是與人溝通有天生的障礙。」

「我管他是什麼阿斯阿伯還是亞斯阿伯症！什麼特殊生！」嚴主任拍著桌子。

「誰打架就是問題學生，應該要用校規處罰！」

「你們看看我的手。」體育老師舉高他肥肥的手臂，上面有幾道抓痕與齒印。

「我阻止白亦翔，他就用指甲抓我，還咬了我好幾下！」

「每次白奕翔來電腦教室，就一直搖椅子，還發出各種怪聲。」

電腦老師抱怨起來。

「他不會用我教的中文輸入法，就氣得摔滑鼠、鍵盤，說電腦欺負他。」

「白奕翔在我上課時會大聲自言自語。」國文老師發言。

「有一次他對我說：『老師妳鼻孔好大』，然後整節課就一直重複這句話，快把我給氣死了。」

「他會說自己是值日生，上課時還會自己跑上來擦黑板。」

數學老師搖著頭。

「而且擦得好快。我一不注意，整個黑板的字都被他擦光了。」

「噗！」想起數學老師看到他剛寫的字被白奕翔擦光光，目瞪口呆的表情，我不由得笑了出來。鄔淑枝在後面拉著我的手說：

「小湄，午睡時間快到了，我要回去了啦！」

「噓……我再聽一下啦。」

「那我要先回去囉，我可不想被老師罵。」

「喂！烏梅汁！」

這時午睡鐘聲響起，鄔淑枝快步走下樓梯。導師的聲音從門裡傳了出來：

「身為白奕翔的導師，我真的是很慚愧。」導師嘆了一口氣：

「他的本性並不壞，只是和同學相處不來。輔導室要我對他的特殊生身分保密，不讓其他人知道他的隱私。可是我很難對其他的同學說明，為什麼他犯錯了不會被處罰。」

「奕翔不是不能處罰，但是要用正確的教導方式。」關瑩老師站起來說，在一群上了年紀的老師之中，她顯得特別年輕。

「亞斯伯格的人比較難理解社交的禮儀和社會規範，也不明白別人為什麼會有這種反應，但並不表示他們無法教育。希望各位老師要有耐心，和他好好溝通……」

「這種話我已經聽妳說過很多次了！」嚴主任不耐煩的說。

「以前管學生哪有這麼多麻煩。這種叛逆的小孩要給他狠狠教訓幾次，才會懂得學乖啦！」

「奕翔的情形不同……」

「夠了！妳別再說。我不想再聽一個沒經驗的代課老師廢話。」

「我……」關老師窘得滿臉通紅。

嚴主任轉頭望向輔導主任。「許主任，今天被白奕翔打的男同學的家長還在學務處，他們要我給他們一個交代，妳說該怎麼辦？」

「他們要什麼交代？」輔導主任驚訝的說。

「如果不把白奕翔記過或轉學，他們就要告到警察局，告他傷害罪。」

「那……那可嚴重了！」輔導主任站了起來。

「白奕翔的情形特殊，我去向學生家長解釋，希望他們能夠諒解。」

嚴主任點了點頭，斜眼瞪著關老師。

「關老師妳再不把他管好，還要我們主任來幫妳善後，實在是……很難看啦！」

看到嚴主任與輔導主任朝門口走來，我趕緊躲到走廊轉角後面，再偷偷回去看。兩位主任離開以後，其他老師們面面相覷。

「現在是怎麼樣？散會了嗎？」

「就為了這個問題學生，我們中午都不用休息了。」

「你有看股票嗎？」

「有啊，今天王碩漲了，你有沒有下單？」

「各位老師，這是亞斯伯格症的相關資料，請拿回去參考。資料請對學生保密，不要外流出去……」關老師拿著一疊資料在門口發著，老師們拿著資料走了。

等老師們走遠，我正要溜回教室時，忽然聽到會議室傳來壓抑著的啜泣聲。

我從門縫往內看，關老師一個人低頭整理文件，肩膀微微地顫抖。

九、壞預感

「第二十三題的B選項是陷阱，不要被騙……」

在強迫自願參加的加強課程過後，已經快要下午五點了。好不容易考完今天第五張考卷，導師還要我們留下來檢討答案。

同學累得兩眼無神，一副行屍走肉的樣子，直到導師說出「放學」這兩個字，大家才從僵屍狀態中復活，拎著書包直往門口衝去。

我才剛跑到門口，就被導師叫住了。

「關瑩老師要妳放學後去輔導室。」導師摘下老花眼鏡，用手指按摩著眼角，上了一天的課，看來她也累壞了。

該不會我中午偷看會議的事，被關老師發現了吧？我走出教室，鄔淑枝站在走廊上，夕陽從她身上拖出一塊巨大的陰影。

「烏梅汁，妳在等我嗎？」

鄔淑枝低著頭沒有說話。

「妳怎麼啦？」

「有人……在說妳的壞話。」

「什麼？」

「羅美儀和張浩那一群人。他們說妳在暗中幫忙白目，和他是一伙的。」鄔淑枝看著我，胖胖的臉上沒有平常的傻笑。

「他們說的是真的嗎？」

一股惡寒傳遍全身，我勉強微笑著說：

「哈哈，妳在開玩笑吧？我怎麼可能會幫忙白目？」

「對嘛，我就知道，妳怎麼會幫『那種人』。」鄔淑枝笑了。
「對了，老師剛才找妳做什麼？」
「她要我去輔導室一趟，不知道有什麼事？」
「那我陪妳去好了。」
鄔淑枝臉上的微笑就像被印上去的，僵硬而虛假。那個天真愛表演，對我很友善的鄔淑枝，已經不在我的眼前。
「不用啦，妳先回去好了。晚上妳不是還要去補習班？」
「嗯，那我先走囉～」
我扛著沉重的側背書包，朝著輔導室的方向走去。
黃昏暮色裡，灰白的校舍如墓碑般聳立。我裝作若無其事，胸口卻堵塞得難以呼吸。
他們在背後說我什麼壞話？把我和白奕翔歸為同類？
國中的事……又要重演一遍？
不要，我不要！
「曉湄，妳身體不舒服嗎？」
我猛然驚醒，發現闕瑩老師站在我前面，滿臉擔心的神色。原來我恍恍惚惚的，已經走到輔導室門口。我用手背擦了擦額頭，上面全是冷汗。
「妳是不是生病了？」
「我沒事。」我趕緊裝出笑臉。
「闕老師，妳找我有事嗎？」
闕老師若有所思地看了我一眼。「進來再說吧。」

我走進輔導室，幾張辦公桌上放著輔導老師的名牌，其他老師都下班了。關老師指著跟訪客談話用的沙發。

「坐吧，老師請妳喝茶。」

「不用啦，老師。」

「別客氣，這茶很好喝的。」

我坐沙發上，看著關老師泡茶。關老師年輕漂亮，對學生很親切，很多同學都喜歡她，我也和她說過幾次話。

「喝點龍眼茶，感覺會好一點的。」

我輕啜了一口熱茶，龍眼的香味讓我放鬆了一點。

「曉湄，妳是不是有什麼煩惱的事，可以說給老師聽嗎？」

「我很好，謝謝老師關心。」

我看著關老師，雖然她的臉上帶著微笑，但我不由自主地想到，中午在會議室的啜泣聲。

「真的沒事嗎？」

「真的沒事。」我從國中的經驗知道，學生之間的事不是老師能管的，就算他們雞婆的想幫忙，也只會造成反效果。

「早上多謝妳通知我奕翔在打架。」

原來是這件事她才會注意我。等一下，該不會是這件事，讓班上傳說我在幫白奕翔吧？但我只是去找老師而已，還是因為我中午又去輔導室……

「奕翔是個很特別的孩子，不太會和同學相處。」關老師說。

「我想在你們班找妳和幾個同學來親近他，當他的朋友。」

「我不要！」我立即拒絕。
「為什麼要找我？」
關老師有點意外的說：
「妳早上來找我時很緊張，好像滿關心奕翔的。」
「我才不關心他！」我大聲回答。
「妳怎麼這麼激動？在班上發生什麼事了嗎？」
「反正我絕對不要和白奕翔作朋友！」
「我本來以為以妳的家庭狀況，可以比較了解被排斥同學的感受。」
「哈哈哈，妳在說什麼啊？」我拿起書包站了起來。
「我爸爸要我放學早點回家。」
「好吧，現在也很晚了。」關老師送我到門口。
「妳家是在橋頭的小吃店嗎？我有時從那裡經過，會和妳媽媽打招呼。」
「……那個女人，不是我媽媽。」
我沒有和關老師說再見，快步離開了輔導室。往校門的穿堂上，羅美儀跟張浩，還有兩三個同學在那裡大聲談笑。
他們不是應該回家了，為什麼還待在那邊？他們是不是在跟蹤我？羅美儀有沒有把我的祕密洩露出來？
我也不知道自己是怎麼走過校門的。從那群人身邊經過時，羅美儀發出很大的笑聲，那笑聲像惡魔般緊纏著我，我走得再怎麼快，也無法把它甩開。

十、溪岸

最近我討厭晚上。

因為那個長得和我一模一樣的白色女孩，會在夜晚出現。

雖然從第一次在店裡見到她以後，她就沒有完整出現過，但是我感覺到她一直在黑暗中看著我。

不過……

這裡是什麼地方？

昏黃路燈在夜幕裡閃爍，違建鐵皮屋擠成的狹窄巷道，廢工廠門前散落著油罐，嗆鼻的油味瀰漫空中。巷角有個老遊民睡在廢紙箱堆成的床上，骯髒的帽子蓋在臉上，間歇著發出低沉的鼾聲。

我抬頭張望，巷口前方的東興橋上，車燈遙遠閃亮，原來我迷迷糊糊的從輔導室走路回家，竟然走過了頭，跑到東興橋後面的舊社區裡。

我怎麼會走到這裡？感覺就像是……被什麼東西給帶來的。路邊的老遊民忽然翻了個身，嚇得我抓緊書包，轉身就往巷口走去。

「咿——咿呀！」

在經過某條陰暗的小巷時，一陣刺耳的吼聲傳入我的耳中。這個聲音好熟，我不自覺地停下了腳步。

「咿——咿呀——打啊！」

那是白奕翔的吼聲！我伸手塞住耳朵，不想聽到這可恨的聲音。

就是這個人，害我被班上的人說閒話！

突然一陣憤怒湧上心頭，我往那一條小巷鑽了進去。我不知道為什麼我要往那邊走，只是一口悶氣梗在胸口，非要找個地方發洩。

順著斷斷續續傳來的吼聲，我在狹窄巷子裡轉了幾個彎，忽然眼前一展，出現了寬廣的溪岸。

東興橋下的大漢溪在白天並不美麗，沿著溪岸建築的高架道路工程，把溪畔整得到處都是工地，大批建材、廢土、鐵皮圍牆佔領了原有的溪畔綠地，加上施工的噪音與煙塵，醜陋得讓人不想再多看它一眼。

現在夜幕把醜惡的工地隱藏起來，黑暗中的溪水閃閃發光，鄰近街道的燈光環繞著月影，依稀映射在溪面上。

伴著溪水吹來的涼風拂過身體，秋夜中分外清爽。

「咿呀——打啊！」

溪邊的草地上，有一個大男孩叫著、跳著，在夜色下大力揮舞球棒。

男孩穿著短褲，上半身赤裸，露出削瘦結實的身軀。他的動作有點僵硬，手上的棒子卻非常靈活，宛如一道有著生命的銀光，在暗影中靈活飛舞。

男孩的身邊跟著斷尾白狗與獨眼紅雞，牠們配合男孩吠叫蹦跳，在月夜下跳著奇異的歌舞。

原來氣沖沖想找白奕翔算帳的我，卻被眼前的情景給震懾住了。

他們在做什麼？一種宗教儀式嗎？

白奕翔雙眼在黑暗中晶瑩閃動。原來他的臉沒有因為憤怒扭曲的時候，是個面目清秀，略帶羞澀的大男孩。

「汪——汪汪——！」

「咕——喔咕！」

忽然狗吠雞叫聲大作，白狗和紅雞發現了我。白奕翔的舞蹈停了下來，望向我這裡。他的全身汗水淋漓，在夜晚中散發著熱氣。

我不自然地抬起手，向他打招呼。

「白……白奕翔，你在這裡幹嘛？」

「咿呀——打——！」

白奕翔又開始揮舞他的球棒，就好像沒有看到我一樣。他在班上就是這樣，從來不想理會別人，不過這次他可惹錯對象了。我生氣的大喊：

「喂！白奕翔！」

「汪汪！」「咕咕咕！」

「你沒有看到我嗎？我是林曉湄！」

「咿——咿呀！」

「臭白目！」

「汪汪！」「咕咕咕！」

「你給我轉過頭來！」

「好痛！」

白奕翔大叫一聲。剛才我拿出書包裡午餐剩下的橘子，往他丟過去，竟然不偏不倚的命中他的後腦，看來我滿適合去當棒球投手的。

白奕翔握著球棒，後面跟著雞與狗，怒氣沖沖地朝我走來。

「幹……幹嘛丟我？」

「誰叫你裝作沒看到我，我有向你打招呼耶！」
「呼……呼……」白奕翔喘著氣，胸口上下起伏。
「林曉湄，妳幹嘛……偷看我？」
「我路過這裡不行啊！你在這裡幹什麼？」
「這裡是我家。」
「你家？」
「汪汪汪！」「咕咕咕！」
我想問白奕翔，身旁的狗和紅雞卻一直亂吵亂叫。
「叫你的狗和雞，不要對我亂叫！」
「牠們不是在對妳叫。」
「那是在對誰叫？」
「對妳後面的女孩叫。」
「——什麼？」
我回過頭，身後除了陰森的巷口、幾堆廢土與石材以外，什麼都沒有。一陣寒風從脖子後面吹過，我全身雞皮疙瘩都冒起來了。
「你……你說……我後面有人……？」
「妳認識猴子嗎？」
「猴子？」
「老公公在河裡撿到了一個大桃子。」
「大桃子？」這個白目沒頭沒腦的在說什麼？

「你剛才說我的後面有人，是不是一個白色的女生？」

「老公把大桃子帶回家，老婆婆把大桃子剖開，裡面跳出了一個可愛的小男孩。他們高興地把小男孩當作自己的孩子扶養，把他取名桃太郎。桃太郎長得健康又可愛，但是老公公發現他有一點不太對勁……」

「喂！你給我停一下！」

「村子的小孩來找桃太郎玩，桃太郎覺得他們都太幼稚、太吵了，他只想自己一個人，但是大家都說他好奇怪。桃太郎一個朋友都沒有，老公公、老婆婆很擔心，但是桃太郎卻一點也不在乎。有一天，海上的小島來了一個商人，他說島上有怪鬼……」

「你給我閉嘴——！」

「咿啊？」

我用力揪住白奕翔的亂髮左右搖晃，才停止他連珠砲般的說話。

「誰要聽你說故事！我問你那個女孩，白色的女孩！」

「妳是猴子嗎？」

「誰是猴子！你這個神經病！」

白奕翔突然露出有點受傷的表情，又把視線轉開。我想起輔導主任說白奕翔有一種奇怪的病，什麼亞斯伯格的，所以他才會這麼奇怪嗎？

「我不是說你是神經病啦，我只是……」

「阿翔——你給我過來！」

蒼老的叫聲從小巷傳來，一個推著手推車，上面堆滿資源回收物的老人站在巷口。老人駝著背，頭上光禿禿的，穿著破洞的汗衫與灰褲。

「阿……阿公。」白奕翔說。

這個駝背老爺爺是白奕翔的阿公？他撐著一支木頭拐杖，一瘸一拐的走了過來。看到阿公憤怒的臉，白狗嗚嗚一聲，夾著尾巴和紅雞躲得遠遠的，我也躲到旁邊橋下的陰影裡。

「下午學校老師來過了，伊講你又打人！」阿公舉起手上的拐杖，往白奕翔的小腿上便打。

「你這個壞囝仔！叫你不要惹事，講都講不聽！」

「不是我的錯……是那個人騙人。」

「你還講！就是你不對，不然老師怎麼會來家裡！」

阿公一瘸一拐的舉著拐杖追打白奕翔，大男孩抱著頭到處躲避。

「阿公撿垃圾養你，你只會打架！上次也是被人打得臉都腫了……你怎麼對得起你阿爸、阿母！」

「阿公——我沒不對——我——」

「呼……呼……你再講，我打死你！」

白奕翔抱著頭到處閃躲，阿公舉著枴杖追他，很快的就走不動了。我在旁邊的陰影裡躲著，覺得尷尬得要命。

「呼……呼……」阿公停下腳步，彎腰直喘著氣，表情十分痛苦。「氣……氣死我……」

白奕翔抱著頭蹲在阿公身前，口中不斷碎碎唸著。

「我——我沒不對——」

「你……你再說……」

「我沒——」

看到他們的模樣，我胸口那股煩悶的感覺又回來了。

我轉身鑽入小巷，離開夜晚的溪岸。為什麼世界上有那麼多煩人的事？我低頭走在陰森的小巷子裡，心中說不清楚是什麼滋味。

走過幾條轉角，巷口大馬路的來往車燈已經看得見了。有一個男人站在巷口，昏黃路燈照在他的身上，顯出一張嘴巴歪斜的臉。

「找到了……小湄在那裡！」爸爸站在巷口大喊。

「真的嗎？」有個女人跑到他的身旁，那是阿玉。

他們向我跑了過來，緊張地喊著：

「小……小湄！」

「小湄！」

「不要叫那麼大聲，很丟臉耶。」

「呼……妳沒事吧。」爸爸喘著氣，臉上流滿汗珠，阿玉也是滿頭大汗。看到他們的樣子，我的心中有點內疚。

「我沒事啦，你們那麼緊張幹嘛？」

「這麼晚了妳還沒到家，手機又沒接。」阿玉說。

「我們還以為妳出了什麼事，就到外面來找。」

對呀，在學校手機是關機的，我忘了要把它開機。

但是我是高中生了，又不是小孩子，幹嘛大驚小怪的。

「好啦……小湄沒事就好。」爸爸歪嘴笑著說。

「回去……爸爸煮麵給妳吃。」

「我自己煮就好啦。」

我拉著爸爸向店裡走去，阿玉在後面跟著。

好歹在今天最後，還有這麼一件好事。

十一、照片

我家在橋頭小吃店附近觀光夜市的巷子裡，是一間兩層樓的老舊公寓。

家裡空盪盪的家具沒幾件，都是二手貨。雖然是這樣窮酸的家，但是我卻擁有一間還算大的房間。我自己作了些雕花和紙娃娃作裝飾，讓房間可愛一點。

爸爸雖然沒什麼錢，但是很重視我的功課。他向樓上鄰居買了一台二手電腦，還和他們分接網路，讓我在家裡也能查資料、交作業。

作完功課洗好澡，我打開電腦。

「亞斯…伯格……症。」

我憑著印象用鍵盤輸入這五個字到搜尋網站，看著顯示出來的結果。

「『認識亞斯伯格症候群』、『給亞斯伯格症患者的一封信』、『亞斯伯格症與高功能自閉症兒童研究』、『如何教養亞斯伯格症的孩子』……怎麼這麼多？」

我按下「認識亞斯伯格症」的網頁，網頁上有一隻會動的小狗，口中吐出介紹的文字：

> 西元一九四四年，德國小兒科醫師漢斯．亞斯伯格率先提出，語言和認知能力方面有異常的孩子案例報告，但未被重視。直到一九八一年才再次被學者提起，並將此症狀取名為「亞斯伯格症」，一種與自閉症類似又相異的先天性症候。

原來「亞斯伯格」是德國醫生的名字，難怪這麼難唸。

> 近年研究顯示，兩百名兒童中，約有一位為亞斯伯格症患者，以男性居多。亞斯伯格症患者的特徵如下：

• 缺乏同理心——患者弄不清楚別人的情緒、也不會表達自己的感覺。
• 智商與一般人相同甚至更高。
• 感覺與肢體統合不協調、行動笨拙、姿勢怪異。
• 天真、不恰當的行為。
• 無法分辨真實與虛擬世界，對特定事物有強烈的興趣，常有特殊的專長。
• 極為重視邏輯性思考，無法明白言外之意或假設語氣。

「哎，怎麼這麼複雜？」

網頁上的字密密麻麻的，我看了不過三四頁，床邊手機簡訊鈴聲就響了起來。

「小湄，快看班上的臉書！」

原來是鄔淑枝發來的，都十一點了，有什麼事這麼緊張？學校的電腦老師幫每個班級都設了一個班級臉書粉絲頁，有時導師會在上面貼一些考試資訊什麼的。

我連到臉書粉絲頁。平常沒什麼人留言的頁面，今天晚上竟然有好幾個人留言，用的都一看就知道是匿名帳號。發新貼文的是一個叫「小Q」的人。

小Q：驚爆大新聞>0<，白目與班上某一個女生約會！

Sassa：妳發Line叫我們上來班網，就看這個啊@@

毛毛：還打馬賽克，好好笑。

今天我很帥：ㄏㄏ！怎麼會有人和那隻白目在一起啊~

他們到底在說什麼？小Q的貼文放了一張不太清楚的照片。那是東興橋下溪岸，白奕翔和我在講話的照片！

照片是用手機拍的，畫面很暗，但還是一眼就可以認出白奕翔。我站在他的前面，臉部被加上了方塊雜紋，看不清楚是誰。

我握著滑鼠的手不斷顫抖，只想把網頁關掉，但是卻不自主地追看留言。

毛毛：好狗仔哦～這張是怎麼拍到的XD，小Q你又是誰啊？

小Q：ㄏㄏ，保密保密。

主任好煩：搞什麼神祕嘛～你幹嘛還把那個女生的臉擋住。

Sassa：ㄟ，不要在這裡留言，老阿ㄇ會看到的。

今天我很帥：我在老地方開聊天群組，來八卦囉。

螢幕上一行行的文字就像催命的符咒，張牙舞爪嗤笑著我。

為什麼我和白奕翔講話會被偷拍？是誰拍的？

那個小Q是誰？他把照片打馬賽克再貼上臉書，有什麼用意？想到國中時的可怕記憶，我的淚水慢慢湧了出來。

「嗚……嗚……」

我緊咬著嘴唇，壓抑著不發出聲音，趴在桌上偷偷哭泣。

明天，我不去學校了。

十二、表演課

「各位同學，這次表演藝術課的課程是做短劇表演，期不期待啊？」

「不期待——！」全班同學齊聲回答。

「看來大家都對表演課充滿了興趣。」表演老師傻呼呼的笑著。

「在分組以前，老師先來解說一下這次表演的主題。」

雖然心中一百萬個不願意，但是看到爸爸早上把這個禮拜的飯錢塞給我，要我努力唸書的笑容，我還是硬著頭皮到學校來了。

班上同學看不出有什麼異樣，但是我的內心還是很不安。

第二節課是表演藝術課，表演教室沒有桌椅，地上鋪著塑膠拼圖地板。大家坐在地板上看老師解說。

我偷瞄坐在牆邊的羅美儀，她正在和死黨們講話。

那個「小Q」該不會就是她吧？我又沒得罪她，她幹嘛要和我作對？

「這節課要表演『童話故事』，每一組找一個童話故事來表演，也可以把故事加以改編，改得越有趣越好。」老師說。

「好幼稚哦！」

「我們又不是小學生！」

「哈哈哈，大家都很有興趣，真是太好了。」表演老師是剛從藝術大學畢業的實習老師，愛搞一些自以為有創意的課程。

同學們吵鬧著開始分組。表演課常常會有自由分組，我每次都會與鄔淑枝還有幾個比較熟的女生一組。

我在人群中尋找鄔淑枝，卻發現她被羅美儀拉了過去。

「烏梅汁，妳怎麼了？」我想要和鄔淑枝說話，卻被羅美儀給擋住了。她單手插腰，露出不懷好意的笑容。

「我們這組額滿了，下次請早哦。」

「妳說什麼？」我向羅美儀身後的鄔淑枝喊著。

「烏梅汁！妳不是都和我一組的嗎？」

「我……」鄔淑枝紅著臉，支支吾吾的說不出話來。羅美儀笑著說：

「鄔淑枝她以後都不跟妳好了，妳快滾開啦！」

「小湄，我……」鄔淑枝還想說什麼，卻被羅美儀給拉走了，我愣在原地不知所措。還有幾個比較熟的女生看到我的視線，也都躲到別的組去。

「分好組的圍成一圈坐下來！」

表演老師用麥克風大聲喊，同學坐了下來，只留下四個人站著，我、白奕翔、眼鏡與黑仔。

白奕翔從上課開始就一個人坐在教室角落，摀著耳朵，皺著眉頭看著我們活動。

「這三個男生還是沒人要和他們一組啊？林曉湄也沒有人要和她一組？」老師說。

「老師，林曉湄最喜歡白目啦，就讓他們一組嘛。」羅美儀嘻笑著舉手說。

「大家都知道的嘛，對不對？」

「白目，有女生喜歡你耶——！」

教室裡傳起放肆的口哨聲，幾個男生大聲起鬨，張浩叫得特別大聲：

「在一起，在一起！」

「在一起，在一起，在一起！」

我的眼淚在眼眶中打轉，但是我不要讓它落下，不要讓這些人稱心如意。

白奕翔、眼鏡、黑仔被叫作「垃圾組」，因為沒有人要跟他們一組，不管什麼課分組以後，都只剩下他們三個。難道我……也要被分到垃圾組？

表演老師招手要我們過去，白亦翔還是躲在後面。

「那就你們一組好了，四個人也是可以表演的。」

「我不要！」我大聲說。

「為什麼我要和男生一組，而且還有白奕翔！」

「每次這三個同學都演不出來，加進妳正好。」老師笑嘻嘻的說。

「我看妳還滿聰明的，就靠妳領導他們來作表演囉。」

我紅著眼睛和老師爭辯，卻一點用也沒有，班上同學嘻笑著看我在那裡出醜，沒有一個人為我說情。

「妳再不聽話，我就要處罰妳囉。」表演老師不耐煩的說。

「給你罰啊，給我零分也沒關係。」

「我要叫妳家長來學校哦。」

「你……」

想到爸爸歪斜的嘴，還有阿玉，我再也說不出話。為什麼大人總是能想出各種整人的法子？眼鏡和黑仔聽話的向教室後面的白奕翔走去，我低頭跟在他們後面。

「白目，我們又同組了。」眼鏡小聲地說。

眼鏡瘦的像根竹竿，大黑框眼鏡掛在他的塌鼻子上，好像隨時都會掉下來。眼鏡個性懦弱，被欺負都不敢說，同學把他當成笑話的對象。

「我也和你一組耶！」黑仔憨傻的說。

班上最矮的黑仔皮膚很黑，好像也是特殊生。他什麼考卷都不會寫，連課文都讀不完，做事傻傻的一直得罪人，同學講到他時都會白痴智障的一直罵。

白奕翔好像還搞不清楚狀況，黑仔和眼鏡拉著他坐下。

我抱著膝蓋，無力地坐在角落的窗戶旁邊。

「每一組要討論演哪一個童話……」老師的聲音模模糊糊的迴響，我把頭埋在膝蓋上，腦海中來來回回的只有羅美儀剛才惡毒的言語，還有同學的嘲笑聲。

為什麼會變成這樣呢？難道是昨天晚上的那張照片……不對，看他們的樣子，應該是更久以前就串通好要來排擠我了。我又沒有做什麼對不起他們的事，為什麼要對我這樣……

「林曉湄……林曉湄……」

「幹嘛啦！」

「沒有啦。」眼鏡被我兇得臉都白了。

「老師要我們討論演什麼，妳沒有聽到嗎？」

黑仔搔著他短短的平頭，憨憨地說：

「我們以前只有三個人沒辦法演戲，現在加了妳就可以演了耶。」

「誰管你們啊！」我擦了擦眼睛，不讓他們看到我的眼眶紅了。

「我不應該和你們一組的！」

「可是……妳現在就是在這一組啊。」眼鏡說，黑仔也贊同地點點頭。

看到他們的傻臉，我心中更是不爽。要是真的和他們一起演戲，不是更讓人把我歸類於「垃圾組」嗎？

我不想再和他們說下去了，一個人站起來靠在牆邊，無聊地向窗外看去。

「——！」

我摀住嘴巴，看著玻璃上自己的倒影。

我的影像逐漸變成白色，一張與我極為相似，沒有任何表情的臉，正在注視著我。白色女孩的嘴巴微微張開，熟悉的聲音在我的腦中響起。

（小湄……）

（敞開妳的心胸……接受他們……）

「等一下！」我撲在窗戶上，白色女孩的影像卻已經消失。

敞開心胸……那是什麼意思？

在我的身後，眼鏡和黑仔還在討論個不停。

「我們這一組要演什麼童話？」眼鏡問。

「我——我要演多拉A夢。」黑仔說。

「那我就要演小夫囉。」

「那是卡通，不是童話。」實在聽不下去，我開口糾正他們。

「童話是像灰姑娘、白雪公主、桃太郎那種小孩子看的故事。」

「桃太郎？」發呆的白奕翔突然有了反應，朝我看了過來。

「妳剛才說桃太郎？」

「對啦，桃太郎是一個日本童話，騙小孩用的。」

「桃太郎才不是騙人的。」白奕翔顯得很有興趣，口齒伶俐的背起書來：

「根據考證，桃太郎的故事大約出現在日本的室町時代。桃太郎的故鄉有很多種說法，其中最著名的是岡山市，當地人認為神社裡供奉的吉備津彥命便是桃太郎的起源……」

「等一下！」

「關於桃太郎故事的原型，根據柳田國男的論文，桃太郎到鬼島征討魔鬼的故事，可能反映了日本傳統文化中的『驅儺』儀式……咿啊！」

「給我閉嘴！」我抓住白奕翔的頭左右搖晃。

眼鏡和黑仔睜大了眼睛。

「哇——白目，你怎麼知道這麼多奇怪的事？」

「我知道的更多，桃太郎後來的演變——」

「夠啦！你再說，我就要打你了。」我握起拳頭說。

白奕翔忽然把兩隻手擋在臉前。

「妳要打我，我不要被妳打。」

「我是說，假設你再說那些故事，我才會打你，不是真的要打你。」

「什麼是『假設』？妳說要打我，就是要打我。不要打我，就不是打我。什麼是假設要打我？」

我想起昨天晚上看到亞斯伯格症的網頁資料，上面有一條「患者無法明白別人的『言外之意』，也不明白什麼是『暗示語氣』。」，所以他聽不懂假設句？

「白目你想要演『桃太郎』，那個故事有趣嗎？」眼鏡說。

「我也沒聽過。」黑仔說。

「很久很久以前，有一個老公公在河裡撿到了一顆大桃子……」

難得有聽眾，白奕翔開始滔滔不絕地講起他的桃太郎故事。我懶得理他們，抬頭望著鄔淑枝那一組。
羅美儀在她們那一組裡得意地指使別人，她說要演什麼就演什麼。羅美儀懂得討老師歡心，出手大方又會籠絡男生，在班上就像女王一樣。女生怕被她帶頭欺負，都只好附和著她。
看著鄔淑枝和羅美儀談笑著的樣子，我的心就像被撕裂一樣，那是我最熟悉的……被人背叛的感覺。
「林曉湄，妳在哭嗎？」眼鏡說。
「沒有！」我用手擦著眼睛時，突然有個東西砸到我的後腦。男生的笑聲傳來：
「哈——中了！」
「屁啦，你丟的真準！」
我看到身旁掉著一塊小塑膠拼圖地板，原來是有人用它丟過來砸我。
表演教室的拼圖地板是可以用手拆起來的，我轉頭看地板丟來的方向，有幾個男生在那裡偷笑。
「是誰！剛才是誰用地板丟我！」
「妳少臭美了，誰要丟妳啊？」
班上的男生大聲哄笑，女生也在那裡偷笑。表演老師生氣的問：
「是誰用地板丟林曉湄的！快點承認！」
「老師，沒有人會丟她啦！」張浩大聲說。
「是她自己丟自己的！」
「不要亂說，她怎麼會丟自己？」
「會喜歡那隻白目的人，一定腦袋有洞嘛！」羅美儀大笑。

「對啦！是她丟自己的啦！」

看著這些人嘻笑的嘴臉，我氣得全身發抖，臉上熱辣辣的，眼淚忍不住流了下來。

羅美儀笑得特別放肆，高亢的笑聲就像厲鬼，迴響在教室裡面。

「哈哈哈——啊！」

羅美儀突然尖叫一聲，原來是有一塊不知從哪裡飛來的塑膠地板，準確地砸在她的臉上。全班同學都嚇了一跳。

「他馬的！誰敢丟我——！」羅美儀尖聲大喊。

「是我，妳這個臭女鬼！」

白奕翔站了起來，他的兩眼圓睜，手上拿著幾塊塑膠地板：

「妳笑得比鬼叫還要難聽，吵死人啦！」

「敢說我是鬼？你這個死白目！」

羅美儀用力把塑膠地板丟了回來，卻砸到了白奕翔身旁的男生身上。

「喂！妳丟我幹嘛！」

「我是要丟白目，不是丟你！」

羅美儀又丟了一塊地板，從白奕翔的頭上擦過，打到了黑仔的小腿上，痛得他哇哇叫。

「別亂來，你們還不住手！」老師大喊，卻沒有人理他。

「看我的，死白目！」

張浩把一塊地板甩了過來，白奕翔躲開以後像射飛盤似的，刷刷刷地又甩了幾塊回去，教室裡頓時亂成一團。

「死白目！」

「好痛！」

「好啊，你敢丟我！」

男生們紛紛拆起地板，朝著白奕翔丟了過來。

白奕翔閃來閃去，不斷還擊，原來是眼鏡和黑仔幫他拆地板「補給彈藥」。但是他們人少，很快的就只能躲來躲去，逃避大量朝他們射來的塑膠地板。

「住手——別再鬧啦！」

老師在台上嚷叫著，卻阻止不了這場地板大戰。我手上拿著一張塑膠地板，呆呆地看著白奕翔他們被班上男生圍攻。

「小湄……」

聲音在我的腦中響起。我轉頭望向窗戶，在玻璃上面看見了白色女孩的臉。

「不要害怕……」

「什麼？」

「丟吧！」

「咿啊！」我大吼一聲，把手上的地板朝著羅美儀他們用力丟出去。

「去你們的——！」

十三、殯儀館

放學的鐘聲早已響過，晚霞出現在天際時，我與黑仔、眼鏡才疲倦地背著書包，走出了導師辦公室。

「站了整個下午，腳好痠哦！」黑仔掐著他的小腿，眼鏡苦笑著問：

「林曉湄，妳的腳痠不痠？」

「我才不像你們那麼沒用，只是導師實在太囉嗦了。」

「對呀，我還以為她會說教到晚上呢。」

表演課的大亂鬥以後，我們班中午被叫到司令台前罰站，後來帶頭鬧事的人還被罰站在學務處。好不容易站完了，又換導師叫我們去訓話。

一連串的教訓轟炸下來，我連自己為什麼會被罰都搞不清楚了，只是看到羅美儀與張浩被處罰以後，悻悻然走掉的表情，有一點痛快的感覺。

「表演老師真是龜毛，還是要我們四個同一組演戲。」我嘆了一口氣說：

「他都沒有看到，這一次已經吵得這麼兇了嗎？」

「我們應該要討論一下，再過一個月就要表演了。」眼鏡說。

「演──演桃太郎。」黑仔傻笑說：「桃太郎好玩。」

「還討論什麼啊，隨便演演就算了。」我說。

眼鏡擦了擦眼鏡：「白目被帶到輔導室，不知道怎麼樣了？」

「反正他又不會被處罰，管他的。」

我突然發現，自己竟然與這兩個怪胎有說有笑，要是被別人看到，不是更把我和他們歸類在一起嗎？

「再見，我要趕快回家了。」我加快腳步離開。

「組長再見！」黑仔喊著。

「你給我等一下！」

我又轉了回去，揪著黑仔問：

「你說誰是組長？」

「老師說妳是我們的組長，要負責帶我們演戲。」眼鏡說。

「有沒有搞錯啊——！」

我已經沒有力氣理他們了，一個人默默的走在回家的路上。今天我反擊那些欺負我的人，雖然出了一口悶氣，但是想到明天還是得面對同樣的一群人，不由得腳步越來越沉重。

「唐心」飲料店前排滿學生，鄔淑枝最愛喝他們家的珍珠奶茶。我忍不住想要看看店門排隊的人群裡，有沒有一個胖胖的女孩。

鄔淑枝不會再和我一起回家了，難道我還不夠清楚嗎？我已經淪落到「那種人」的這一邊，她是「正常人」的那一邊，不會也不敢與我交往的。

不想讓路人看到我想哭的臉孔，我走到路旁的小公園裡。

公園裡面空蕩蕩的，只有幾個老人坐在石椅上下棋。我走到公園角落的公廁裡，確定周圍沒人以後，對著洗手檯上的鏡子大叫：

「喂，妳在嗎？我知道妳一直在看我！」

「我想跟妳說話，回答我！」

沒有回答。鏡子裡只有一個紅著雙眼的馬尾少女，表情就像一隻被同伴拋棄的小狗。

我一定是瘋了，才會在這裡亂喊亂叫。我轉頭正想離開時，一絲微弱的聲音在我腦海響起。

（小湄……）

我倏地轉過頭去，鏡子裡蒼白的少女身形緩緩浮現。

她穿著和我相同的學生衣裙，綁著馬尾，臉孔與我幾乎一模一樣，只是比我稍微成熟，頭髮也比較長一點。

少女的影像並不清楚，似乎隨時都會消失。

我全身發抖著問：「妳是誰？為什麼一直跟著我？」

（我……）

「妳是我的幻覺嗎？還是我發瘋了嗎？」

（不是的……）

一絲不易察覺的微笑出現在她的臉上。

（我就是妳……小湄……）

（……有一件事……很急……）

鏡子裡的影像不斷晃動，突然她就像電影裡的女鬼一樣，從鏡子裡飄了出來。我嚇得幾乎要尖叫，才一眨眼間，她就已經不見了。

「喂——等一下！」

我從公廁裡跑出來，白色學生裙在遠方的行道樹後一閃而逝。

「等等我！」

白色女孩的身影忽隱忽現，有時出現在樹後，有時出現在電線桿旁。我追在白色女孩的後面，路人都看不見她，只有我看得見。

她似乎要帶我去某個地方，每次我就要追上了，一眨眼她又出現在遠處。

「等……等一下啦……」

我氣喘吁吁地跑了好長的一段路，路上的行人越來越稀少。一座橘紅色屋瓦的排樓大門出現在眼前，上面高懸著一排大字。

「市……市立殯儀館？」

黃昏的天空越來越暗，空氣裡瀰漫著一股難聞的屍臭味，望著陰森的殯儀館大門，我的心蹦跳個不停。

白色少女右手向我一招，輕飄飄地進入殯儀館的大門。

有一輛從門裡開出來的汽車從她身上穿越，看得我全身發冷。

為什麼她要把我帶到殯儀館來？難道她是住在裡面的鬼，要來向我討債嗎？想到學校老師說的殯儀館鬼故事，我全身的雞皮疙瘩都起來了。

就在這個時候，殯儀館大門後面有一個大男孩吸引了我的注意，那是白奕翔！

他背著書包與球棒，鬼鬼祟祟地往殯儀館裡的小路跑過去。

「那個傢伙，在這種可怕的地方幹嘛？」

這下可把我的好奇心給勾起來了，趁著殯儀館的警衛不注意，我悄悄地從旁邊的小門走進去。

殯儀館內部還滿大的，有很多間廳房。外觀雄偉的黃頂大廳面對正門，廳門掛著一幅巨大的輓聯，門口放滿了花環花圈，可能是有錢人正在舉行告別式。

拱形廟瓦在昏暗的天空下聳立，配合咿咿呀呀的喪樂，更增詭譎的氣氛。

黃頂大廳後面有兩排比較小的廳堂，每間小廳都布置著不同的輓聯、花籃、奠禮。裡面有在宣讀祭文、撚香鞠躬、跪拜行禮還有誦讀佛經的。

看到有些喪家用奇怪的眼神看我，我不敢多作停留，趕緊向著白奕翔剛才出現的方向走去。

路邊指標「停屍間」的大字讓我心臟猛跳了一下，白奕翔他到停屍間來幹嘛？

天空越來越黑，我再怎麼有勇氣，也不敢再往前走了。

倏然一片白色飄過我的眼前。

（白奕翔……有危險……）

凝滯的空氣中，白色少女向著一棟灰暗建築走去，我一咬牙，跟在她的後面。建築門口停著幾輛救護車與靈車，看來這裡就是停屍間了。

就在我要走近時，停屍間的門口傳來一陣喧嘩聲。

「又是你這個小鬼！說過多少次這裡不能來，你怎麼都講不聽啊！」

一個穿著殯儀館員工制服的年輕人，拿著一支掃把，臭著臉把白奕翔從門裡轟了出來。

白奕翔握著球棒，緊張的對年輕員工說。

「鬼……有鬼！」

「廢話！這裡是停屍間，當然有鬼！」年輕員工揮著掃把，像趕狗似的叫著。

「這裡不是高中生來玩的地方，快走！」

「喂，奕翔。」

有一個滿頭白髮的老員工從門口走出來，他好像認識白奕翔。

「別說我老王嚇你，今天下午高速公路上發生連環車禍，撞死了十幾個人。那些大體等一下就要送到這裡來，很可怕的。」

「那……那會有很多怪鬼！」

白奕翔不但沒被嚇到，反而顯得有點高興。
「我在這裡要等他們來！」
「你這傻孩子，等鬼來要幹什麼呢？」老王嘆了一口氣。
「你阿公和我是老朋友了，他身體不好，別讓他擔心，快回去吧。」
就在這時，又有兩輛救護車朝這裡開了過來。老王和年輕人去幫忙救護車人員搬運遺體，我趁這個機會跑上前去找白奕翔。
「喂，白目！」
「林──林曉湄?妳怎麼會在這裡?」
白奕翔吃驚地瞄了我一眼，又把臉轉開。
「我才要問你咧，你有病嗎?為什麼要跑到殯儀館來?」
「這裡……有很多怪鬼。我來這裡練習打怪鬼。」
「你還真以為你是桃太郎啊，打什麼鬼！」我生氣的說。
「都是你，害我也跑到這種地方來，嚇死人了。」
「哇哇哇，等一下會很危險啊。」白奕翔看著黑暗的天空，好像在害怕什麼。
「妳要快走，快走！」
「那你跟我一起走……喂!你幹嘛?」
白奕翔突然抓住我的手，硬拉著我往後便走。
「來不及了，先躲起來！」
白奕翔拉著我躲到停屍間旁邊，一座高塔形的焚化爐後面。白奕翔把球棒撐在地上，蹲著向外面看，我從他的肩膀上看去，卻沒有發現什麼異樣。

「躲在這裡幹嘛？我們快走吧！」
「噓——！」白奕翔比了個安靜的手勢。
「不要說話，會被發現的。」
「被什麼發現？」
白奕翔沒有回答，我納悶的在他後面等著。
天空已經全黑了，半蝕的彎月在殯儀館旁邊的大樓上升起，救護車陸陸續續又開來了好幾輛，許多具遺體被抬到停屍間，遠遠看著都讓我怕得發抖。
我這麼晚還沒回家，爸爸和阿玉應該都很擔心吧。正當我想把書包裡的手機拿出來時，一隻白色的手放在我的肩膀上，我抬頭一看，白色少女站在我身旁。
（小涓……）白色少女透明的雙瞳凝視著我，似乎正在躊躇些什麼。
（妳……想不想看到……）
「看到什麼？」
（不該……看到的東西？）
我緊張地嚥了一口口水。
「那是什麼？」
（現在的妳……未必會變成『我』……）
她的聲音斷斷續續的，似乎隨時都會消失。
（如果妳看到了……就會與『我』走上同一條路。那是一條辛苦的……幫助身邊的人的路……妳願意嗎？）
原來我很怕白色少女，但是這時我感受到她對我沒有惡意，而且很想幫助我。

「我想知道為什麼妳會出現，還有這些奇怪的事的原因。」

（……知道了……）

一雙手掌掩住了我的眼睛，白色少女的雙手水晶般閃爍著。

透過她的雙手，我看到了——

十四、木船

彎月孤懸黑闇夜幕，微光灑落暗黃屋簷，喪者庭園肅穆謐靜中，一聲低響傳來。

嘩——

船舶從海裡浮出的破浪聲。

我伸出雙手放在小湄的眼睛上，透過我的雙手，她能看到一般人看不見的景象。

大門排樓前馬路的路燈熄滅，漆黑的海浪湧來。殯儀館如同一座孤島，孤懸在闇黑的大海上。隨著桅桿的上浮，一艘樟木古帆船被許多黑色的手抬出海面。

海水嘩啦著從船板間的裂縫漏下，船帆只剩細絲碎縷晃蕩。

十幾個有高有矮，有胖有瘦的黑色人形跨出海面。

他們雙手高舉，合力抬著散發白色光芒的古老木船，就像沒有實體般從排樓柱子穿越，往這裡走來。

「那……那是什麼？黑色的怪物，還有木船？」

小湄驚慌地喊著，我第一次見到黑色人形時，也是這麼害怕。像墨汁凝聚的黑色人形，扭動著不協調的雙腳，抬著木船緩慢地前進。

「哇……第一次看到這麼多怪鬼！」

瞪著前方走來的怪鬼群，白奕翔臉色發青，手上球棒不斷發抖。

「白目！那些怪物就是你說的怪鬼？」小湄喊著。

「妳也看得見怪鬼？」

白奕翔轉過頭來看著小湄，又看著她身後的我。

「是妳讓她看的？」

「先別管那個啦！」小湄叫著。

「那些怪物越靠越近了，還有那艘怪船……我們該怎麼辦？」

「怪鬼的目標是停屍間，妳躲在這裡不要被他們發現，我要去打怪鬼。」

「你瘋了嗎？那些是怪物呀！」小湄抓住了白奕翔的手。

「我們快逃走吧！」

「不行啊，猴子。」

「誰是猴子！」

白奕翔雙手發抖，臉上流滿冷汗。

「我——我要打敗怪鬼，才能把爸爸媽媽帶回來！」

「你說什麼……白目！」

白奕翔從焚化爐後面跳出來，舉起球棒吼叫著衝了出去。

木船與怪物已經來到停屍間前的停車場，白奕翔跑到木船前方，朝著領頭的怪鬼揮出球棒，被怪鬼伸出黑手臂擋住。

旁邊的另一隻怪鬼身體扭曲著，黑色長腳忽然踢出，白奕翔想用球棒擋住，卻連人帶球棒給踢飛出去。

「咿啊！」

怪鬼的力氣好大，白奕翔整個人狠狠撞在一輛救護車的車門上，把車門都撞凹了。

他陷在車門上，一時爬不起來。

「白奕翔！」小湄尖叫。

「可……可惡！」白奕翔掙扎著站起，又往怪鬼群衝了過去。他把球棒向著怪鬼腳部揮去，怪鬼的腳傾斜成詭異的角度，躲開了球棒。

這次白奕翔學聰明了，不再硬拼怪鬼，而是保持距離跳來跳去，用球棒與怪鬼遊鬥。怪鬼們也不把他放在眼裡，只是自顧自的抬船前進。

走到停屍間的大門口前面木船停住了，一半的怪鬼放開木船，朝著裡面走去。門口的殯儀館員工和救護人員沒有發現怪鬼，怪鬼也沒有影響他們，甚至從他們的身子上穿越。

「那些人看不見怪鬼？」小湄問，我點了點頭。

「怪鬼……對活人不會有什麼影響……它們只會排除……干擾他們工作的人。」

「那白奕翔不就危險了，我們該怎麼辦？」小湄急得快要哭出來了。

看到怪鬼走進停屍間，白奕翔更是著急。他大聲呼喝，揮著球棒跑上停屍間門口台階。剛好殯儀館的員工都走到門內，沒有人看到他。

突然一隻怪鬼的後腳向後踢出，正中白奕翔的肚子。

他整個人向後飛了出去，摔在水泥地上滾了好幾圈才停住。

「白奕翔——！」

小湄忍不住從焚化爐後面衝了出去。

「嗚……呃……」白奕翔趴在地上，抱著肚子痛苦哀號。一隻高大的怪鬼向他走了過去，又補了一腳。

「呃啊——！」

白奕翔在地上的身子陡然飛起，撞在旁邊的路燈桿上，路燈被撞得搖晃不止，忽明忽滅。白奕翔倒在地上，似乎昏了過去。

「白奕翔！」小湄向白奕翔跑去，怪鬼也追了上去。

「桀咭桀咭桀咭桀咭……」

怪鬼發出詭異的聲響，像是墨汁，又像柏油的長腳高舉在空中。小湄擋在白奕翔身前，大聲尖叫：

「不要——！」

「——？」

怪鬼舉起的腳忽然停在空中，它低頭向下看，一隻尾巴斷掉的白狗咬住了它的另一隻腳，還有一隻獨眼紅雞在旁邊拼命啄著。

「咕咕——！」

「汪汪汪——！」

「國王、將軍！」小湄驚喜地叫著。

怪鬼對於白狗與紅雞似乎有點忌憚，跳著腳躲避他們的攻擊。

「阿翔，你沒事吧——！」

一個粗壯的男子聲音從遠方傳來。

看到那個跑過來的人，我終於放下心地來。

（那位先生來了……妳可以放心……）

「妳說什麼？不要走——」

十五、樹浪

「妳不要走——！」

白色少女的影像消失在夜空，在我還在喊叫時，一雙粗壯的手已經從背後伸了過來，把我和白奕翔給攔腰抱了起來。

「小妹，到這裡來！」

一個身材魁梧，穿著灰色工人服的粗壯男人，把我和白奕翔當作小雞一樣的抱著，逃離了怪鬼聚集的停屍間前。我掙扎著想從這個陌生人的手中逃開。

「你要幹什麼……放我下來！」

「噓，不要說話。」男人粗魯地把我和白奕翔放到車道旁的花圃裡，白奕翔還是昏迷不醒。男子從側肩背包中拿出一支很短的小刀。

「你——你要幹嘛？」

「安靜，不要被米瓦還有殯儀館的人發現。妳和阿翔待在圈子裡不要出來，也不可以說話。」男人沉聲說。

他用小刀繞著我和白奕翔在土上刻了一道圓圈，又從小包中拿出幾顆綠色的果實，用刀子剖成兩半，放在圓圈上。

男子拉著我蹲在圈子裡，望著停屍間的大門。

噗答——噗答——噗答——

失去了白色少女的幫助，我看不太清楚怪鬼，但是它們液體雙腳踩在水泥地發出的詭異腳步聲，卻還是聽得很清楚。

有一隻怪鬼朝著我們走了過來，它的步伐聲很大，一下子走到我們面前。

在我放聲尖叫之前，男人伸手把我的嘴巴摀住。

「桀咕桀咕桀咕桀咕……」

怪鬼應該距離我非常的近，我卻只能看到模糊的影子。

我額頭上不斷流著冷汗，也不知過了多久，怪鬼的腳步聲終於遠離。

「呼——呼——」

男人放開了我，我大口喘著氣。男人豎起食指放在嘴前，要我保持安靜。

在我眼中的景象沒有什麼異狀，殯儀館的員工正在大門忙進忙出。但是我從不時傳來的怪異腳步聲知道，怪鬼正在陸續離開。

男人把白奕翔平放在地上，檢查他的傷勢。白奕翔的意識還沒有恢復，臉色十分蒼白。

「奕翔！你在哪裡？」

遠方傳來的叫聲打破了寂靜，一個穿著襯衫牛仔褲的女生往這裡跑了過來。

路燈照亮了她的臉，那是關瑩老師！她怎麼會到殯儀館來？我想要叫她卻又不敢，轉頭看那男人，他向我點了點頭。

「沒關係，『米瓦』已經走了。」

男人笑著站了起來，用有奇怪口音的國語說。

「小妹妹，妳很勇敢哦。」

「米……米瓦是什麼？」我揉著腳站起來，蹲著太久，腳都痠了。

「用你們的漢語來說，就是『神靈』吧。」

穿著工作服的男人把白奕翔抱了起來，向遠處的關老師喊著：

「阿瑩！阿翔在這裡！」

原來他認識關老師，而且還好像很熟的感覺。

「不要對她說米瓦來過的事。」男人小聲的說。
「為什麼？」我還來不及問，關老師已經跑了過來。
「奕翔……他沒事吧？」
「他跌倒時頭撞到了柱子，沒事的啦！」
「他都昏過去了，你還說沒事！」關老師焦急地看著白奕翔。
「你快把他送去醫院檢查。」
「我說他沒事就沒事的啦！」男人哈哈笑著。
「樹浪，你怎麼這麼隨便！」
原來這個男人叫作樹浪，好奇怪的名字。
樹浪長得方臉大耳，輪廓很深，皮膚黝黑，有點像原住民的外表。
「林曉湄？妳怎麼會在這裡？」關老師發現躲在旁邊的我，驚訝地問。
「我……」我不知道該怎麼回答，一個高中女生放學以後跑到殯儀館，怎麼說都很奇怪吧。
「這個小妹妹救了阿翔，她很勇敢呢！」
樹浪伸出大手拍著我的背，我被他拍得都快跌倒了。
「沒有啦，是這位大叔救了他的。」
「不管怎麼樣，先帶奕翔去看醫生。」關老師說。
樹浪聳了聳肩：「好啦，誰叫我的女朋友是個老師。」
「老師，原來他是你的男朋友啊！」
關老師俏麗的臉上微微一紅。

「現在不是說這個的時候。樹浪你帶奕翔去醫院檢查，我陪曉湄回家。」
「老師，不用陪我回家啦。」
「不行，一個女孩子走夜路太危險了。」
白奕翔還在昏睡，用手帕簡單幫他包紮頭上的傷口後，樹浪背著他，帶著雞和狗先走了。
我與關老師也走出殯儀館，今天發生這麼多事，我的心裡好亂。
「老師，妳怎麼會到殯儀館來找白奕翔？」
「我和樹浪到奕翔家去拜訪，阿公說他一直沒回家。樹浪就要國王去找，一路找到這裡來的。」
「國王這麼厲害啊！」
「牠可是有受過尋人訓練的狗哦。」
「真的嗎？」突然我想起一件事。
「完蛋了！」
「怎麼啦？」關老師問。
我趕緊把手機從書包裡拿出來，裡面有十幾通未接來電，都是家裡打來的。
「我忘記打電話回家，爸爸會擔心的！」
「等一下到妳家，老師會向你爸爸解釋的。」
「老師，妳不用去我家啦。」
「妳家的小吃店就在白奕翔家附近，我剛好要去他家，就一起走吧。」
「可是……」其實我並不想讓外人去我家，但最後還是同意了。對於白奕翔的事我有太多疑問，想趁這個機會問她。

「我的爸媽很囉嗦，不要在我家待太久哦。」

「不會啦。」

關老師笑著回答。

十六、回憶

「來……來來，老師再……多吃一點。」
「林先生，你太客氣了。」
「哪……哪裡，您平常……照顧曉湄辛苦了。」
關老師才走到小吃店前，就被我爸爸拉進去請她吃麵，阿玉也一直端小菜出來。我苦著臉坐在旁邊，有一搭沒一搭的吃著賣不出去的小菜，順便問關老師：
「老師，白奕翔是什麼樣的人？」
「哦？妳想知道他的事？」關老師意味深長地看了我一眼。
「沒——沒有啦。」
「妳今天也追著他到殯儀館去……」
「那是巧合。」
「是嗎？」
「老師！妳在笑什麼啦。」我紅著臉說。
「好啦，不開妳玩笑了。我第一次見到奕翔，是在一個基金會裡面……」
關老師說起白奕翔從前的事。
她在大學唸心理輔導系時，在自閉症關懷基金會擔任實習社工，那時白奕翔還是一個八歲的孩子，被學校的老師轉介到基金會來要求協助。
「那時他的小臉紅通通，眼睛大大的，是一個超可愛的小孩。」關老師說。
「你們在說誰啊？」阿玉從廚房探頭出來問。
「媽，妳別管啦。」我說。
「不過奕翔雖然長得可愛，在學校卻一直被欺負……」

白奕翔從小便被其他孩子認為是「怪胎」，因為他的表情僵硬，從不正視別人的眼睛，還會說一些讓人生氣的話。

他上課的時候會一個人跑出教室，在校園玩沙玩水。只要覺得同學欺負他，他就會動手還擊，還會用頭去頂老師。

白奕翔有自己的一套「生活儀式」，上學走的路線，東西放的位置都不能改變。如果有一點點改變，他便會煩躁不安。

他的成績還不錯，但是因為常常和同學起衝突，讓他變成老師眼中的頭痛人物。

白奕翔的爸爸在貨運公司開車，媽媽在夜市餐廳裡幫忙，沒有時間好好照顧他。白奕翔的偏差行為在他們眼中就是頑皮不聽話，採用的管教方式是傳統的打罵教育。

白奕翔越不聽話，他們就打得越兇，打得他們手痛心也痛。

「奕翔的媽媽在說這些事的時候，一邊掉眼淚呢。」關老師說。

阿玉在旁邊猛點頭：「孩子不聽話，媽媽真辛苦。」

「你們兩個看我幹嘛？」我說。

白奕翔的小學老師認為他的症狀類似亞斯伯格症，請白媽媽帶他去醫院作鑑定檢查。

白奕翔的阿公認為不用，帶去給寺廟收驚就好，但是白奕翔的偏差行為越來越嚴重，還對爸爸媽媽的管教動手還擊。

有一次爸爸氣不過他，用皮帶把他綁在椅子上，結果他在小學竟然模仿爸爸，把同學綁在椅子上。媽媽驚覺情形不對，才帶他去看醫生。

看了好幾個醫生，都說白奕翔是過動症或妥瑞氏症，只要他吃藥控制，卻沒有找出正確的病因。直到他們找到台中市的一個張醫生，給白奕翔做了一些測驗，才確診是亞斯伯格症。

雙親在確診時都哭了，因為他們終於明白白奕翔不是個性很壞的小孩，而是有先天的障礙。他們不再打他罵他，而是一起去作家庭諮詢，尋求社會資源的協助。

「那是什麼怪病，可以治好嗎？」我問。

「亞斯伯格症不是病，而是一種終身性且固定的人格類型。」關老師說。

「他們的腦部與常人有異，感受世界的方式不同，思考模式也不一樣，有些人還具有特殊天賦。例如牛頓、愛因斯坦、比爾蓋茨都可能是亞斯伯格症的患者。」

「這……這麼厲害？」爸爸說。

「只是亞斯伯格症患者社交能力的嚴重不足，會對他們兒童與青春期的人際關係造成很大的障礙，必須接受針對他們設計的教育訓練，幫助他們融入社會。」

「可是白奕翔從小有訓練，怎麼現在還是這麼怪呢？」我問。

「那是因為……」關老師的臉色黯然下來。

白媽媽把餐廳的工作辭掉，專心在家照顧白奕翔，白爸爸每週載他去台中看醫生，接受社交能力的訓練。

關老師在基金會負責聯絡他們家，對他們很了解，也常常幫忙照顧白奕翔。

經過專門的課程，白奕翔在學校的暴力行為減少，也比較能正常的上課。但是白奕翔家少了媽媽的收入，看病又需要錢，爸爸只好在貨運公司加班送貨。

每天熬夜開車，爸爸的身體越來越差，終於在一次去台中看病的途中，他們的車打滑擦撞到高速公路路肩，被後面的大卡車撞上。

爸爸當場死亡，媽媽則成了植物人。

白奕翔只受了輕傷，但是精神上受了很大的驚嚇，有一段時間一直說不出話來。

「好慘啊，這一家人怎麼這麼可憐……」

阿玉聽得眼眶都紅了，我也很難過，沒想到白奕翔有這麼悲慘的身世。

「白媽媽被送到植物人安養中心，奕翔由阿公照顧，那時我也常常去看他。奕翔變得比以前更自閉，不願意上學。車禍後一年，白媽媽因為器官衰竭去世。」

關老師嘆了口氣。

「後來奕翔遇到了我的大學朋友樹浪，他們好像很投緣。奕翔在他的鼓勵之下，才慢慢的願意上學。」

「老師妳那麼久以前就在輔導他啊？。」我問。

「對呀，現在我當代課老師他又是我的個案，和他還真是有緣分。」

「小湄那……那個白奕翔，是妳的同班同學？」爸爸問。

「對呀。」

「妳要……要多幫助人家。」

我就知道爸爸這個大好人，也不看看我們家是什麼樣子，還只想著幫助別人。

阿玉也擦著眼淚說：

「對呀，叫他來我們店裡吃晚飯吧。」

「那樣不行啦！」

我不過是和白奕翔說說話，在班上就被欺負成這樣了，要是讓他到店裡被人看到還得了。

「阿瑩！」

渾厚的男子叫聲從外面傳來，樹浪騎著一輛老舊的三陽機車載著白奕翔，停在店門口與我們打招呼。

白奕翔頭上綁著繃帶，臉上紅腫，不過看起來還算有精神。
「樹浪，奕翔還好吧？」關老師問。
「沒事的啦！」樹浪哈哈笑著，大力拍了拍白奕翔的背。
「阿翔，還不跟去阿瑩道謝。」
白奕翔在樹浪的鼓勵之下，跳下機車走到我們的面前，看著地板聲音僵硬的說：
「謝……謝謝老師。」
「很好很好！」樹浪大聲稱讚。
「還有那個小妹妹，你也要跟她道謝。是她跟去救了你哦。」
「不用啦！」我連忙對他搖著手。
「是樹浪救你的，我什麼都沒做。」
「謝……謝謝妳。」白奕翔低著頭說。
「……」
我的頭也低了下來。雖然白奕翔沒有看著我，聲音僵硬，但是我還是有點感動。
他在學校的時候從來不說謝謝，我是他第一個說謝謝的同學。
「好啦，我要載他回家了。」樹浪說：
「他的阿公最近身體很差，不要讓老人家太擔心。」
樹浪載白奕翔走了以後，關老師拉著阿玉走到廚房，兩個人小聲地談了半天後，老師便向我們告別了。老師走了一段距離以後，我忍不住追上去。
「老師，妳有看過『怪鬼』嗎？」
「沒有，妳怎麼會這麼問？」

「那是……因為白亦翔老是說什麼『打怪鬼』的……」我想到樹浪的吩咐，沒有說出今天的怪事。

「亞斯伯格症患者因為在現實社會中的挫折，常常會逃避到自己的想像世界裡去。」關老師笑著說：「奕翔只是想像力豐富，不要把他當怪人哦。」

「不會啦。」

「老師本來覺得妳是一個早熟、聰明，但是有一點自私的女孩，今天看到妳願意主動幫助奕翔，讓我很感動。」

「……」其實是因為白色少女帶我去的原因，不過難得聽到有人稱讚我，我的臉上有點發燙。

「老師妳才真有愛心，都下班了還這麼關心學生。」

「其實啊……」老師抬起頭，路過的車燈照射在她的側臉上。

「我在唸書時是個不良學生，會勒索同學，還逃學和朋友去混幫派。」

「真的嗎？」我吃驚地說。

關老師揭起衣袖，給我看她的上臂消去刺青的痕跡。

「我能回到學校是因為一位輔導我的老師，她真的很有愛心。後來我就立志要成為輔導老師，幫助遇到困難的學生。」

「原來如此。」

「可惜現在我還只是代課老師，不是正式老師。」關老師無奈地笑了。

「在學校說話沒有分量，幫助不了更多學生。」

在會議室裡，關老師偷偷哭泣的畫面閃過我心頭。

「老師妳這麼努力，一定能當上正式老師的。」

「小湄。」關老師突然認真的看著我。

「妳……為什麼不叫阿玉「媽媽」？可以跟老師說嗎？」

我的腳步停住了。

有些情緒哽在我的喉頭，卻怎麼也吐不出半個字來。

「沒關係，想跟老師說的時候再說吧。」

看著她的身影隱沒在黑暗的街道，我慢慢走回店裡。

「關老師回去啦？」阿玉在店裡擦著桌子，笑著對我說。

「她真是個好人，還說我可以去上新住民的識字班。」

我不去看阿玉，盡量控制臉上的表情，把椅子上的書包背起，走向回家的路。

十七、爆發

一輛車，兩輛車，三輛車。

放學的時間，我背著書包站在小學門口，數著從對面路口來的車子。

通常數到五十幾輛時，媽媽就會騎著腳踏車從路口轉角出現。

以前媽媽會穿著一種淺藍色的連身套裝，叫作「奧黛」，那是她從越南帶來的。

媽媽黑髮飄飄，穿著奧黛騎腳踏車的樣子好漂亮，和別人的媽媽都不一樣，可是被阿嬤罵了幾次以後，她就不再穿奧黛了。

因為媽媽太漂亮了，很多人說她的壞話。阿嬤也是，同學也是，連鄰居都是。阿嬤說媽媽是騙子，騙了我爸爸，還要騙我們家的錢。

同學說媽媽是外勞，是來台灣搶錢的。鄰居說媽媽是女傭，是爸爸從越南買來的傭人。他們的嘴巴好壞，我一句都不相信。

十輛車，十一輛車，十二輛車。

我喜歡媽媽，雖然因為她是越南來的，臭男生會笑我是越南妹，但我還是喜歡她。媽媽煮的菜最好吃，阿嬤嫌她不會煮台灣味，可是我好愛吃。

媽媽的手藝最靈巧，家裡沒錢買新衣服，她就自己買布來幫我作洋裝。媽媽的聲音最溫柔，阿嬤不准她教我越南話，但是她唱故鄉的搖籃曲好好聽。

五十輛車，五十一輛車，五十二輛車。

媽媽早就不是新娘了，為什麼一堆人還是叫她越南新娘？老師要大家叫我新住民之子，我也不喜歡，為什麼我要和別人不一樣？

為什麼媽媽還沒有來？一定是阿嬤又在罵她了。為什麼阿嬤不喜歡她？沒關係，我和爸爸喜歡她就好了。

八十一輛車，八十二輛車，八十三輛車……

為什麼媽媽還沒來，超過一百我就不會數了，快點來啊。

九十一輛，九十二輛，九十三輛……不對，數錯了，剛才是第幾輛車子？

天黑了。

同學走了。

老師回家了。

為什麼媽媽還沒來？

剛才是第幾輛車子？媽媽，妳快來啊，車子好多好多，我數不清楚了。

媽媽……

媽媽……

「小湄，妳快遲到了！」

陽光射進窗戶，阿玉的敲門聲在耳邊迴響，我往臉上一摸，溫溫的滿是淚水。一定是關老師昨天的話，害這個討厭的夢又來了。

「小湄——！」

「吵死人了，我起來啦！」

我對著化妝鏡仔細地擦拭著臉，直到看不出有哭過的痕跡，才把門打開。阿玉把便當交給我。

「快出來吃飯。真是的，慢得像老牛拉三輪車一樣。」

「妳的……那件奧黛呢？」

「什麼？」阿玉沒聽清楚。

「沒事啦。」

我咬著嘴唇，把門用力關上。

吃早飯的時候，阿玉興奮地說著報名新住民識字班的事。

但是我可沒有高興的心情，光是想到班上的事，就讓我心情沉重了。

我低著頭走在上學的路上，越靠近學校就越想逃走。昨天表演課排擠我的戲碼，一定有人在後面操縱，還威脅鄔淑枝不能和我在一起。

那個人是在網上貼圖的「小Q」嗎？「小Q」應該就是羅美儀吧？小學的時候她就很討厭我，但是我們有那麼深的仇恨嗎？

說也奇怪，羅美儀並沒有把我媽媽是越南新住民的事告訴同學，為什麼她不說？還是她想等到我被欺負得要崩潰了，再給我最後一擊？

就算走得再慢，我還是到了學校。還沒有走進教室，就聽到裡面傳來黑仔憨傻的叫聲：

「我──我不是昨天才當過值日生嗎？怎麼今天又是我？」

我悄悄地從後門走進教室，看到羅美儀和張浩一夥人嘻嘻哈哈的對黑仔叫囂：

「那有，你記錯了啦！」

「阿嬤說今天黑仔還是值日生。」

「還不快去倒垃圾。等一下阿嬤來了，你會被罰哦！」

「可──可是前天、大前天、大大前天也都是我當值日生，那有人這樣的！」黑仔的憨臉氣得發紅。

「班長妳說，我不是值日生吧？」

「這個……」班長是一個生性軟弱的長髮女生，她看著羅美儀和張浩，小聲地說：「我也記不清楚……」

「就說你是值日生了，怎麼還廢話那麼多。」羅美儀不耐煩的說。

「我——我不是值日生！我不要倒垃圾！」

黑仔再怎麼傻，這次也知道人家在騙他。眼鏡看氣氛不對，走到黑仔身旁。

「沒關係，我和你一起做值日生。」

「可——可是！」

「好啦，走啦。」

眼鏡拉著黑仔往教室後面走，兩人一起收著垃圾。

黑仔雖然不甘願，但還是勉強去做了。教室又恢復了平常的氣氛，同學對剛才發生的事視若無睹，讀書準備等一下早自習的考試。

我坐到座位上，把課本拿出來，卻一個字都讀不下去，拿書的手氣得發抖。

為了不讓國中時候的惡夢重演，我一直要求自己在學校扮演不被注意的角色。功課普通，打扮普通，不去管別人的事……

「啊——！」

黑仔的叫聲打斷了我的思緒，我轉頭一看，他的褲子被濺溼了好大一塊。

垃圾桶旁邊倒著一瓶蓋口打開的紅茶，不知道哪一個缺德的人沒喝完就丟過去，濺到黑仔身上。

「是——是誰丟的！」黑仔氣得大叫，卻沒有人理他。坐在後面的男生還數落他。

「你腦殘啊，把後面弄得這麼髒！」

「還不快去拿拖把拖地，腦殘！」

「智障！」

「你們不要太過分了——！」

一聲大吼響遍教室，全班同學停止動作，驚愕地朝著我看了過來。我發現自己站了起來，雙手拍著桌子。剛才那一聲是誰喊的，難道是我？

「呃……我……」

「林曉湄，妳有事啊？」羅美儀呸了一聲。「爛貨！」

本來被自己的叫聲嚇到的我，正想趕快坐下，但是看到羅美儀不屑的表情，一股怒火燒上心頭。我又拍了一下桌子，大聲嗆道：

「羅美儀！妳才是今天的值日生，為什麼要叫黑仔做！」

「要……要妳管啊！」羅美儀沒有想到我竟然敢公然反抗她，一時不知該怎麼反應。坐在她旁邊的張浩叫道：

「白目的老婆，管好妳老公就好啦！」

「沒人問你，閉上你的爛嘴！」我兇惡的大吼，把張浩給嚇住。

「妳……！」

「喂，阿嬤來了！」坐在門口的同學喊著。

教室頓時安靜下來，我和他們互瞪一眼，坐了下來，裝出正在看書的樣子。導師手上拿著考卷走進前門。

「剛才你們在吵什麼？」

「什麼都沒有！」

「老師妳聽錯了啦！」

聽到同學的回答，導師眉頭的皺紋更深了。

「你們段考考得這麼差，班級排名又落後別班了，早自習還不好好讀書……」

導師嘮叨了一陣才開始發考卷。我假裝寫著，筆尖卻不斷地顫抖，那是既緊張又恐懼，還有一股壓抑爆發後的暢快。我終於還是這麼做了！

我偷瞄羅美儀與張浩，發現他們也在偷瞪我。管他的，反正我也豁出去了，要對我怎麼樣就來吧。

黑仔與眼鏡回到座位時，對我笑了一下，我也回了他們微笑。

為什麼我今天會有勇氣這麼做呢？以前我不是都冷眼旁觀他們被欺負嗎？

白奕翔昨天晚上對我道謝的樣子浮現眼前，也許是那個讓我覺得在幫助別人的時候，自己還有一點價值。

我望向白奕翔被隔離在角落的座位，他今天會來學校嗎？

後來幾堂課的老師都在檢討段考考卷，同學敢和我講話的人變少了，但是我裝作不在乎的樣子。

就在這種奇怪的氣氛中，發生了一件讓人驚訝的事。

「白奕翔的數學一百分，是全校唯一考滿分的。」

「什麼——？」

聽到數學老師的話，全班的人都叫了出來。

高中段考數學比國中的難好多，能考七十分已經很厲害了，那個怪里怪氣，常常沒來上學的白奕翔竟然考了一百分？

「不可能啦！那個白目！」

「他的其他科目都考得很爛耶！」
「老師，他是不是作弊？」
「老師也覺得很驚訝，所以昨天就找他來做數學能力測驗。」數學老師神祕兮兮的說：
「你們猜結果怎麼樣？」
「他作弊！對不對？」張浩大聲的說。
「白奕翔不但沒有作弊，而且他在數學方面很有天才。」數學老師笑著說。
「他可以馬上說出一到一千中間有多少質數。很多複雜的數學問題，他光是靠直覺就可以解出來……」
數學老師興高采烈的告訴我們，白奕翔的數學天分有多優秀，甚至想推薦他參加數理資優生競賽。我想到之前查到的資料，亞斯伯格症患者裡有不少具有數學天分的人，還有著名的數學家，難道白奕翔也是這樣的情形？
我一直覺得白奕翔的頭腦不差，他可以順口背出那麼多有關桃太郎的典故，應該是看了很多有關桃太郎的書，又有超人的記憶力。
下課以後班上還在討論著白奕翔的事。有人不承認白奕翔這麼厲害，說他一定是作弊，也有人說老師應該不會搞錯才對。
「林——林曉湄，白目他好厲害，數學老師誇獎他耶。」
黑仔和眼鏡在走廊上遇到我，黑仔興奮的說。
「對呀，還真看不出來。」
「可是白目今天請病假，妳知道為什麼嗎？」眼鏡推著他的眼鏡說。
「誰知道，幹嘛問我？」

「我——我們放學以後去找他。」黑仔說。
「妳要不要一起去？大家去討論表演課的事。」眼鏡說。
「才不要咧，要去你們自己去。」
其實我有點想去，可是我是女生，不能隨便和這些男生混在一起。
除了黑仔與眼鏡，在羅美儀那一幫人的威勢下，今天幾乎沒有同學敢跟我說話，不過我也不在乎。
第八節下課後，導師把我給叫了過去，她的手上拿著一個牛皮紙袋。
「妳能不能幫我把段考成績單，還有這幾份講義拿去給白奕翔？」
「為什麼要找我？」
「關老師和我說，妳和白奕翔家住得很近，妳也願意與他作朋友。」導師說。
「可是……」
「她希望妳能多幫助白奕翔，我也是這麼想。」導師疲憊地對我笑了笑。
「那孩子不懂怎麼和別人相處，但是其實他是很想交朋友的。」
「真的嗎？」我很難想像那個孤僻的傢伙會想交朋友。
「我們學校重視升學，老師要顧著班上的成績，很難去照顧到每個同學。總之，希望妳能找幾個同學一起和他作朋友，讓他和大家親近一點。」
這些大人怎麼都把麻煩丟到我的身上啊？雖然心裡抱怨，我還是接過了紙袋。
有點擔心他昨天受的傷，去一趟吧。

十八、理解

「咿啊——打啊——！」
看到在溪畔揮舞球棒，精神奕奕的白奕翔，我覺得自己真是白擔心了。
夕陽餘暉把天空染成一片橘紅，大男孩與國王、將軍在溪畔坡地上跳呀叫呀的，國王一看到我，馬上伸著舌頭跑了過來。
我得用書包擋住牠，才不會被牠舔得滿手都是口水，這隻狗怎麼變得這麼熱情啊！
「呼……呼……林曉湄，妳到這裡來幹嘛？」
白奕翔停下揮棒，眼睛看著旁邊說。他穿著汗衫短褲，額頭上綁著繃帶，全身流滿汗水。
我把書包裡的成績單拿出來，在他眼前晃了晃。
「你的段考成績單，想不想看啊？」
「咿啊！」白奕翔伸手想拿，我躲了開來，讓他撲了個空。
「拿來啦！」
「老師說要給你阿公看，不可以先給你看。」
「怎……怎麼這樣？」白奕翔嘴巴開開，大大的眼睛焦急地瞪著我，就像隻看著肉骨頭的小狗，讓我忍不住想再逗他一下。
「想不想知道，你考得怎麼樣啊？」
白奕翔拚命點頭，我拿起成績單晃了晃。
「那你要答應我一件事。」
「什麼事？」
「和我說話的時候要看著我的眼睛，不要一直看旁邊。」
「可是……」

「你不答應？」

「我……沒有辦法看著別人的眼睛。」白奕翔看著地上說。

「你騙人，怎麼會沒有辦法。」

「我沒有騙人！」白奕翔的聲音忽然大了起來。

「不要說我騙人！」

「好啦，你沒有騙人。」我瞄了一眼他手上的球棒：「那換一個條件，你要告訴我一個祕密。」

「好啦！」

白奕翔刷的一聲把成績單從我的手上抽走，瞪大眼睛讀著。上面的數字似乎讓他有點挫折，兩條粗眉毛的距離越來越近，眉心皺得好深。

「你的數學考得很好耶，全校只有你一個人滿分。」

「其他科……考得好爛。」白奕翔苦惱地搔了搔頭，把成績單遞給了我。

「幹嘛？」

「老師不是要妳拿給我阿公？」

「那是我在和你開玩笑的啦，老師說交給你就好。」

「開玩笑……是什麼意思？」白奕翔的眼睛越瞪越大。

「妳是在騙我？」

「只是開玩笑，不要那麼認真嘛！」

「不要騙我！」

白奕翔的表情越來越不對勁，五官糾結在一起，是我說了什麼不該說的話嗎？

忽然我想到亞斯伯格症的資料中，好像有提到他們不懂得什麼是「言外之意」，他可能真的不懂什麼是「開玩笑」吧。我趕緊把他的成績單拿了回來。

「沒有騙你啦，成績單還是要拿給你阿公的。」

白奕翔懷疑地看著我：「真的……沒有騙我？」

「真的沒有。」

「我……最討厭別人騙我。」

「我也最討厭了。」這點我和他倒有同感。

「咿呀——！」

白奕翔拿起球棒，又再揮舞了起來。反正閒來無事，我在工地旁的大石頭上坐了下來，看著他和將軍、國王跳那奇怪的舞蹈。

這次我看出來了，他似乎是在對什麼假想的敵人揮棒，還在模擬閃躲的腳步。

「你為什麼要一直揮棒？」

「呼——訓——訓練——」白奕翔揮著球棒，頭也不回的回答。

「訓練什麼？」

「打——打怪鬼——」

果然和我想的一樣。

「你剛才答應要告訴我一個祕密，你還記得嗎？」

「記——得——」

「告訴我，怪鬼是什麼？」

「怪鬼是——」白奕翔突然停止揮棒，抬頭望著東興橋上。

橋上有一瘦一矮兩個學生在向我們揮手，那是眼鏡和黑仔！

「白——白目！」黑仔對我們叫著：「你和林曉湄在那邊約會啊！」

「什麼約會，你白痴啊！」我臉紅地大喊。

白奕翔喊：「你們來這裡幹嘛？」

「來看你啊，你的家在橋下？」眼鏡喊：「要怎麼下去？」

「橋的旁邊有台階……」

白奕翔好像很高興，指引他們從橋頭的階梯下來。

我也稍微鬆了一口氣，畢竟和這個怪人獨處還是有點不太自然。看到有人來，國王與將軍一直亂叫，白奕翔吼了幾次牠們才安靜下來。

「林曉湄妳不是說不來嗎？」眼鏡問。

「是老師要我幫他送成績單來的啦！」

「嘻嘻，他們在『那個』啦。」黑仔說。

「『那個』是什麼！」

黑仔看著白奕翔身後的鐵皮屋。「白目家住在溪邊?好酷哦。」

「林曉湄，妳是怎麼找到這裡來的？」眼鏡問。

「我家在附近……」

鐵皮屋前面放著幾張破椅子，大家坐在上面閒聊著。我們這些在學校不太講話的人，在這裡倒有聊不完的話題，白奕翔說話也比較正常起來。

「你要不要去擦汗，我看你全身都是汗。」眼鏡對白奕翔說，我點了點頭說：「對呀，這裡還有正妹耶。」

「哪裡有正妹？」白奕翔問。
「喂，你很沒禮貌哦。」我說。
「正妹在哪裡？是躲起來了嗎？」
白奕翔站起來左右張望，黑仔還傻傻的和他一起找。
「你們再這樣，我要生氣囉！」
「哈哈哈！」眼鏡忍不住笑了出來：「正妹就在這裡，就是林曉湄啦！」
「她不是叫林曉湄，怎麼會叫正妹？」白奕翔問。
「正妹是形容她很漂亮，她在和我們開玩笑的啦。」眼鏡說。
「她不是正妹，她是曉湄。」白奕翔說。
看到笑彎了腰的眼鏡，我發誓以後我要是再對白目開玩笑，我就是小狗。
「對了！」白奕翔突然一拍大腿，好像想到了什麼。
「我有給你們每一個人都取了名字，比你們原來的好多了。」
白奕翔手指著我們：
「黑仔狗、眼鏡雞、馬尾猴！」
碰——！
「妳……幹嘛打我？」白奕翔摀著頭，我又搥了他一下。
「誰是馬尾猴！那你該不會是桃太郎吧！」
「果然是猴子，竟然知道我的祕密。」
「不要再叫我猴子啦！」
大家就這樣鬧了一陣子，眼鏡提議說要討論演戲的事時，鐵皮屋裡傳出了劇烈的老人咳嗽聲。

「咳……咳咳！阿翔……外面在吵什麼啊？」

鐵皮屋的木門向外推開，一個駝背老人撐著拐杖走了出來。

白阿公穿著白汗衫與淺藍棉褲，掩著嘴不住咳嗽，好像正在生病。

「阿公，醫生不是叫你不要起來？」白奕翔說。

「不要緊，他們是你的同學嗎？」

「阿公你好。」

我們怯生生地站起來和阿公打招呼，阿公看著我們，滿是皺紋的臉上露出了笑容。

「咳咳……頭一次有同學來家裡。阿翔，還不快去拿水果出來請同學吃。」

阿公殷勤地叫我們坐下，看到我們來訪，他高興得連咳嗽都好了不少。

白奕翔從屋子裡拿了些便宜的香蕉、芭樂出來招待我們，平常對老師愛理不理的他，還是會聽阿公的話。

「不好意思啦！家裡太亂了，沒辦法讓你們進去坐。」

「阿公，你不要客氣啦。」

黑仔和眼鏡本來有點緊張，但是在阿公熱情的招呼下，也就不再怕生了。

阿公對我瞇著眼看了一會：

「妳……以前是不是有來過一次？」

「是啊！」我不好意思的點了點頭。「不好意思，沒向阿公打招呼。」

「沒關係，沒關係。」阿公嘆了一口氣。

「阿翔這孩子從小就怪怪的，伊爸媽又都不在了，我管不動伊。你們肯來看伊，很好。」

阿公問了我們一些白奕翔在學校的事情，聽說他數學考一百分，阿公笑得眼睛瞇得變成一條線。白奕翔在椅子上坐坐站站，坐立不安的樣子。

「阿公，你快去休息啦！」

「哎唷，阿公問一下又會怎麼樣？」

「別問啦！」

白奕翔該不會是在害羞吧？阿公又咳了幾次以後，回屋裡休息去了。

我本來想問怪鬼還有樹浪的事，看來今天是沒有辦法了。我有一種莫名的感覺，那些事……還沒有結束。

「我們剛才說的妳有聽到嗎？」眼鏡對我說。

「以——以後放學，來這裡練習表演！」黑仔說。

「你們也太認真了吧？」我皺眉說。

「表演藝術課只是副科，段考又不考。」

「反——反正好玩嘛。」

他們嘻嘻哈哈的就這麼決定了，怎麼有一種找藉口來玩的感覺？

白奕翔突然跳到椅子上，舉著球棒大叫：

「我們來演桃太郎！」

「為什麼要演桃太郎？」我大聲抗議。

「要和我玩，就要照我的規定！」白奕翔這時可一點也不口吃了。

「我是桃太郎，要帶你們去鬼島打怪鬼！」

「那我要演什麼？」我說。

白奕翔把球棒放在屁股後面搖晃，另一隻手搔著頭叫著：

「吱——吱吱！」

「去你的！」

十九、雙魄

又過了幾個禮拜，我與眼鏡、黑仔和白奕翔都混熟了。有三個傻瓜作伴，痛苦的日子也過得比較快。本來我的個性就像男生，以前為了裝乖都和女生在一起，現在不管別人的目光，也就隨便了。

最近導師盯張浩和羅美儀盯得很緊，導師雖然很老又嘮叨，不過她帶班非常仔細，讓他們不敢太囂張，只能搞一些小動作。

比如說趁我不在亂丟我座位的東西，或是把白目和我扯在一起講，要同學嘲笑我們。

不過只要我不理他們，好像他們也不能拿我怎麼樣。

雖然我們被笑是「垃圾組」，但是白奕翔暴怒的樣子很恐怖，敢直接惹他生氣的人也很少，間接的保護了我們。

關老師在輔導課放了一些介紹外籍新娘在台灣的影片，說不可以叫她們「越南新娘」或「中國新娘」，她們的名字是「新住民」。本來就是這樣，阿玉都結婚那麼多年了，那裡還是什麼新娘？

聽關老師說，學校以後會有一些針對新住民之子的輔導活動，到時候我的身分不就會曝光了？

關老師要我不要把它當作丟臉的事，但是我從前有過被霸凌的經驗，可不想再來一次。要是我把這祕密告訴白奕翔、黑仔、眼鏡，他們還會一樣的對我嗎？

我煩惱的起源——阿玉，最近她的心情倒是很不錯。

聽說她在新住民識字班認識了不少越南來的朋友，下課後還一起去研究怎麼煮菜，把爸爸丟在家裡一個人顧店。就在我對她的不滿逐漸累積時，發生了一件讓人驚訝的事。

「招牌——怎麼換了？」

有一天我放學回到小吃店，看到爸爸牽著阿玉的手，滿意地站在新裝好的黃色壓克力招牌前面。上面的字從「橋頭小吃」，變成了「越南美食」。

「為什麼要換店名，是不是阿玉的主意？」我問。

「是……是我決定的。」爸爸歪著嘴笑。

「阿玉的……越南菜……比我做的菜好吃。」

「小湄，來看我們的新菜單！」阿玉興沖沖地拉著我進店裡。

「有牛肉河粉、涼拌木瓜絲、粉條、越南麵包，還有越南咖啡與奶茶哦。」

「這麼大的事，為什麼我都不知道？」

「我們想給妳一個驚喜嘛。」阿玉說。

本來我是想要生氣的，但是看到爸爸憨厚的笑臉，氣一下也發不出來。

阿玉說她在新住民班認識了作越南小吃店的朋友，她教了阿玉怎麼作店裡的越南菜，食材也都找到供應的管道，要我不用擔心。爸爸說阿玉的越南菜很道地，能夠吸引客人。

對我來說這些都不重要，重要的是如果同學知道我家開越南小吃店，我的祕密不就被知道了嗎？

我沒好氣地把書包往店裡桌上一放，就往東興橋下的溪畔走去。

「白奕翔，你過來——！」

「啊咿？」

我坐在溪畔的大石頭上，對正在練揮棒的白奕翔喊著。

「幹……幹嘛？」

我用手肘擋著跑過來亂舔的國王：「我心情不好，你陪我聊天。」

「妳的大姨媽來了？」

「誰的大姨媽來了！」這傢伙不知從哪裡學到這個低級玩笑，就一直掛在嘴上。

「我不是要你和我說話的時候，看著我的額頭嗎？」

「咿……」白奕翔看了過來，沒幾秒鐘眼睛又移開了。

「這很難耶。」

「你要多練習，才會有進步啦。」

關老師說，亞斯伯格症患者對於注視對話者的眼睛說話有生理上的障礙，常被認為沒禮貌。她要我幫忙訓練白奕翔的社交技巧，從看著別人的額頭開始練習。

不過話說回來，為什麼我要管他啊？

「唉——」

「妳大姨媽來……」

「再說我就打人囉！」

看到我握起拳頭，白奕翔這才閉嘴。我發現他只要和別人一對一的相處，表現的都比較正常，但是如果有幾個人一起對話，他就會開始緊張，亂講一些傻話。

「今天我要告訴你一個祕密。」

「什麼？」

「我……」簡單的一句話在舌頭邊打了幾十個轉，終於溜出嘴巴。

「我媽媽是……從越南來的。」

「哦。」

「哦什麼？」

「我媽媽是從台灣來的。」
「廢話！」
我把心中最大的祕密講了出來，他只有這種反應？
「你知道我為了這件事吃了多少苦嗎？」
「妳不說，我怎麼會知道。」
「我……」
「阿翔，師父來看你了！」
粗豪的叫聲從我們後面傳來，刺耳的引擎聲中，一輛噴著白煙的老舊三陽機車，搖搖晃晃地從小巷裡騎了出來。
騎著機車的是一個額頭綁著棉織頭巾，穿著工人裝的粗獷男人。
「樹浪師父！」
白奕翔向著機車跑了過去，我還是第一次看到他笑得這麼燦爛。
樹浪的舊機車顛簸過了溪畔的碎石與樹枝，騎到了鐵皮屋前面。
「唷！妳不是上次那個什麼小妹嗎？怎麼會在這裡？」
「我叫林曉湄！是老師要我來找他，訓練他講話的。」
「哦？只有這樣嗎？」樹浪揶揄地笑著。
「只有這樣！」
「師父，你怎麼來了？」白奕翔高興的說。
「上次我來看你阿公，他的身體不好。」
樹浪從機車旁邊的置物箱中拿出了幾包袋子，還有一些瓶罐。

「這裡有一些部落的草藥和藥酒。阿公喝了這些，很快就會好的啦！」
「可是我……我不會煮草藥。」
「師父在這裡，你怕什麼。那個什麼小妹，妳也來學怎麼煮藥。」
「我叫林曉湄！」
樹浪真是一個開朗到欠打的大叔，他探望臥病的阿公以後，拉著我和白奕翔，一包一包的解說那些草藥。什麼茵陳蒿、車前草可以退燒，扁桃葉斑鳩菊可以保肝。
「草藥比較天然，比普通的西藥好多了。」樹浪說。
「你又不是醫生，怎麼懂這麼多啊？」我好奇的問。
「師父他是『巫婆』。」白奕翔說。
「巫婆？」
「我不是巫婆，我媽媽才是族裡的巫婆啦。」樹浪笑著說。
「不過我和她學了不少，這些草藥是我們老祖宗傳下來的知識，有些學者研究過，說我們的草藥很有效的。」
沒想到這些不起眼的草藥，會有這麼大的作用。
樹浪的媽媽是巫婆，那他會不會用巫術呢？
「不過阿公的身體再衰弱下去，還是得到醫院去治療。」樹浪說。
鐵皮屋裡沒有廚房，樹浪和白奕翔從屋裡搬出小瓦斯爐放在草地上，架起鐵鍋，慢慢煮起草藥來，我也在旁邊幫忙。這時候天色已經黑了，我用手機告訴爸爸要晚一點回家後，與他們坐在鍋子旁邊聊天。
樹浪說他是國立大學建築系畢業的，現在調到板橋的某處工地當監工。我本來對原住民的印象是天真的粗人，沒想到樹浪不但學歷高、對人親切，又有各種豐富的知識，是個很有趣的人。

白奕翔靠在樹浪身旁講個不停，瓦斯爐上的鍋子冒著白煙，藥草味在夜風裡飄蕩，感覺就像在野外露營一樣。

「白奕翔，你是怎麼拜他作師父的？」

聽到我的問題，他們突然都沉默了下來。

樹浪搔了搔他的頭巾。

「妳真的想知道？」

我突然明白，這個問題一定與「怪鬼」有關。

白色少女已經好久沒有出現，如果我不問，是不是我就不會再和這些怪事情扯上關係？

「我……」回想起白色少女憂鬱的臉孔，我不能不管她。

「我真的……想知道。」

「很好！」樹浪的笑聲在夜晚的溪水上迴響。

「真是勇敢的女孩。後面的那一個，妳可以出來了。」

一陣寒氣拂過我的後頸，我打了個哆嗦，動作僵硬地回頭。

黑夜的草地上，與我極像的白色少女就在我身前。

（妳……妳好。）

少女的聲音在我腦海中響起。

「妳……好……」

「妳這麼久都沒有出現，我好擔心妳。」

（我一直在……看著妳……）

「樹浪，你怎麼知道她的事？」我問。

「兩個多月以前，大概是你們開學的那時候，我看到這個靈魂倒在板橋的街上。」樹浪說。

「我順手救了她，鞏固她虛弱的靈魂。後來她說要去找一個人，大概就是妳吧。」

「靈魂？她到底是什麼？怎麼會長得和我一樣？」

我看著白色少女，她比上次模糊，簡直像是半透明的一樣。

「我們部落的信仰相信每個人都有兩個靈魂，叫作dinawan。」樹浪說。

「平常兩個靈魂是重疊的，遇到驚嚇時靈魂有可能跑到身體外面，剩下一個靈魂的人就會不安寧或生病。巫婆要想辦法把跑出去的靈魂找回來，才能治好病人。」

「所以她是我不小心，跑出去的另一個靈魂？」

「我本來以為是這樣。」樹浪看著白色少女。

「但是後來看到妳，才知道不是。」

「為什麼？」

「因為現在的妳，兩個靈魂都還在體內。」

「什麼？」我被樹浪的話搞迷糊了。

「那麼她又是哪裡來的呢？」

（我是……從『未來』來的……）白色少女說。

「什麼——？」

聽到少女的話，不止是我，連樹浪都顯得非常訝異。

他沉默了下來，用大湯匙攪著爐火上的藥鍋，黝黑的臉孔顯得有點陰森。
過了一會，他用低沉的聲音說：
「妳真的是從未來來的？」
（是的……）白色少女回答。
「為什麼妳會來這裡？」
（我……不記得……）
為了方便稱呼，我們給她取了個名字「白湄」。白湄說她是從大約一年後的世界來的，但是記憶很不清楚。難怪她看起來比我要大一點。
可是為什麼未來的我的靈魂，會來到這裡呢？
「我的媽媽告訴過我，許多祖先口傳下來的古老信仰。」樹浪說：
「發生意外而死掉的親友靈魂叫作『亡靈』。亡靈並不是適合活人親近的靈魂，它們有一點不祥，甚至會帶來噩運。在最古老的傳說中，有的亡靈會從『神靈的空間』，掉進另一個時空。」
「你的意思是？」我問。
樹浪看著我，黝黑的眼瞳似乎融入了黑暗。
「白湄……可能就是亡靈。」
這是什麼意思？我的腦筋一下子轉不過來。
白湄是未來的我，然後她是亡靈，這就是說……
「妳會死——！」
白奕翔突然怪叫一聲，嚇得我跳了起來。

「你……你才會死哩！白湄妳說，妳沒死對不對？」
我回頭看著白湄，她的睫毛微微搧動，眼角似乎有淚，但是又看不真切。
不會吧，我的雙腿一軟，無力地坐了下來。
一年多以後的我……死了？
（未來……尚未註定……）白湄虛弱地說。
（只要妳……）
「什麼……啊！」
我慘叫一聲，白湄的額頭瀏海之間，一絲豔紅的鮮血流了下來。
我的額頭倏然劇痛起來，我忍不住摀著頭跪在地上：
「痛……好痛！」
「林曉湄！」
「妳怎麼了！」
白奕翔和樹浪在旁邊愴惶叫著，我卻什麼都聽不清楚。
白湄額頭豔紅的血液，不斷在我眼前晃動擴散。
一切都被紅色浸蝕……滲透……在那永無止盡的黑暗之中。

二十、神靈

「小湄……」

我慢慢睜開眼睛，白湄在我的面前，擔心地看著我。

「我……怎麼了……」

「妳昏倒了。啊，先不要起來。」

「這裡是……什麼地方？」

我抬起頭來，發現自己身處在一個完全漆黑的世界裡。這裡沒有天空與地面，只有無邊的黑暗。

白湄穿著學生服的身上散發微弱的白光，而且外表比之前清晰很多。

「這裡是『神靈的空間』。」她用清晰的聲音說。

「神靈的空間？」

「樹浪先生說了以後，我才知道這裡的名字。我就是透過這個空間回到過去的世界的。」

「那麼我現在……是一個靈魂離開了身體？」

白湄點了點頭。

「妳突然昏倒，樹浪他們把妳送回家，現在妳的身體正躺在房間的床上。樹浪說妳的離體是被驚嚇後的暫時現象，應該很快就會回去身體了吧。」

聽到她這麼說，我才沒那麼緊張。

「爸爸和阿玉應該很擔心吧？」

「他們有請醫生來看，醫生說妳只是睡著了，要他們不用擔心。」

白湄微微一笑，我第一次看到她的笑容。

「在這個空間裡我的存在力量比較強，可以與妳正常的對話。」
我發現我的身體也變成白色的，和白湄看起來好像。
「妳真的是『亡靈』嗎？」
「對不起……我記不清楚。」
「我果然死了嗎？在一年後的未來？」
「應該是的。」
「我不要死！」我尖叫了出來。
「死的人是我，不是妳。」
「妳……不就是我嗎？」
「我是未來的妳，但是妳未必會變成我。」
聽到她的提醒，我沉默了下來。
我未必會變成她，也就是說我可以試圖去避免死亡的命運？
「看來妳已經明白了。」白湄牽住我的手。
「現在，閉上眼睛。」
「為什麼？」
「我想趁妳靈魂離體的時候，帶妳去一個地方。」

二十一、失恃

砰——砰砰！

砰！

不知在什麼地方，有一扇門沒有關好，被風吹得不斷撞擊門框。我被這惱人的響聲吵得睜開了眼睛。

我站在一間寬大的病房裡，陰暗的室內排列著十幾張病床。

每張病床前都放著一張矮桌，上面擺著白燭、線香與往生符咒。一股像是消毒水的味道瀰漫室內，還夾雜著陣陣難聞的屍臭味。

屍臭味？

十幾張病床上都躺著人，他們的臉上都蓋著白布。

我的身體不自主地顫抖起來。

「這裡……都是死人！」

「小湄，鎮靜一點。」

「白湄！」我驚慌地看著出現在身旁的白色少女。

「這裡是什麼地方？」

「醫院的太平間。」

「太平間？我們怎麼會在這裡？」

「你看那裡。」白湄指著角落某張病床，有一個年紀幼小的男孩蹲在床旁，抱著一根金屬球棒。他的臉孔似曾相識，就像是……

「白奕翔？」我不解的看著那個小男孩，他像是白奕翔的縮小版。

「他怎麼會是個小孩？」

「這裡是白奕翔的過去。來，我們要進去他的心。」

「喂——」

「啊咿……是誰？」

我抱著鬼打棒，站起來左右張望。

剛才我好像聽到女孩子講話的聲音，可是病房裡沒有任何人，除了床上躺的那些……

「才……才不會！」

我左右甩了甩頭，拋下那些恐怖的念頭。

好不容易逃過醫院的警衛叔叔，躲到媽媽身邊來，可不能被人發現了。

「媽媽……」

我抬頭看床上的媽媽，她還是在睡覺，只是臉上多了一張白布。

爸爸被怪鬼帶走以後，她已經睡了一年多，手腳都變得好瘦、好細。

醫生昨天說她死了，我覺得她只是睡得比較沉，怎麼會死了呢？

砰——砰砰！

那扇門吵得我快要瘋了，我好想去把門關上，但是不行。不知道什麼時候那些怪鬼會出現。他們上次把爸爸抓走，這次一定也會來抓媽媽。

砰——砰砰！

好吵，像打雷一樣。阿公會發現我溜出家裡，沒有在床上睡覺嗎？

砰——

撞門的聲音忽然沒了，變得好安靜。

太安靜了。

走廊的燈光變得一下亮，一下暗的。

我望著病房門口，忽亮忽暗的走廊上。

噁心的叫聲，像會飛的蟲子般鑽了過來。

「桀咭桀咭桀咭……」

我永遠不會忘記，那就是爸爸喪禮時怪鬼發出的叫聲。

我的臉上有好多汗，衣服也都溼了，這就是害怕嗎？不行，我要像桃太郎一樣，用爸爸送我的鬼打棒把怪鬼趕走。

「桀咭桀咭桀咭桀咭……」

叫聲離門口越來越近，我不敢呼吸，只怕怪鬼聽到。

忽然一隻黑色的長腳跨進門口，緊接著是黑色的長手、身體，還有一張歪曲的黑臉。

怪鬼走進來以後，長手往一張床上的人一伸，一個白色的人形被他的手抓住，從床上的人身體裡面抓了出來。

那個白色的人形眼睛閉著，好像在睡覺。

怪鬼轉身把他交給門外的另一隻怪鬼，又向門裡走了進來，手抓向另一張病床上躺著的人。

我躲在媽媽的床下面，等著怪鬼過來。鬼打棒在地上發出咚咚的聲音，原來是我的手在發抖。

我抓緊鬼打棒，沒有什麼好怕的，那些傢伙是鬼，他們打不過桃太郎。

刷——！

突然一隻長長的黑手朝著媽媽伸了過來，我在床下看得清楚，爬出來把鬼打棒用力一揮，把那隻黑手打了回去。

「不要碰我媽媽——！」

「桀咭桀咭……」

怪鬼低頭看我，發出奇怪的聲音。我守在媽媽的床前，緊握著鬼打棒，眼睛緊盯著怪鬼。又有一隻怪鬼走進了太平間，這隻怪鬼的身材比剛才那隻矮得多了。

一高一矮兩隻怪鬼走到我前面，四隻手朝著媽媽伸過來。

「怪鬼！走開！」我用鬼打棒左右揮舞著，不斷把他們的手擋開。可是怪鬼的動作實在太怪了，有一隻手穿越了鬼打棒，抓住了媽媽。

「媽——！」

我看到一個白色的媽媽，從床上她的身體裡面被抓了起來！

「放開我媽媽！」

我急得快要瘋了，用鬼打棒拚命敲著怪鬼的腳，忽然一個黑影閃過。

「嗚啊！」

我摔在後面的牆上，倒在地上起不來，鬼打棒掉在我的腳邊。

剛才……剛才是怪鬼用腳……還是手打了我？

我的頭好昏……可是……媽……媽媽……

「媽媽——！」

我爬過去握住鬼打棒，拚命地站了起來。

我看到門口外面，怪鬼抓著媽媽還有其他白色的人，正在向外走去。如果讓他走掉，我就再也看不到媽媽了，就像看不到爸爸一樣！

我用鬼打棒當作拐杖，向著怪鬼一瘸一拐地追了過去。

我追出門口，有個黑影從旁邊揮了過來，重重的打中了我的臉。

「啊——！」

我摔在地上滾了幾圈，和鬼打棒一起倒在地上。剛才打我的是另一隻怪鬼嗎？我痛得連頭都抬不起來，看也看不清楚。

「媽……媽媽……」

怪鬼的腳步聲朝著我走了過來，我想救媽媽，卻連手指都動不了。

忽然背後一雙大手將我抱了起來，不斷後退。有個男人對著我的耳朵小聲說：

「不要亂動。你這個小鬼竟然和米瓦打架，不想要命了嗎？」

「我……」

原來我是被這個男人抱起來，向醫院走廊的另一端逃走了。

我從他的肩膀上看到，媽媽的白色靈魂被怪鬼帶走，消失在黑暗之中。

二十二、決心

「奕翔，你睡著了嗎？」
「別叫他，讓他睡吧。」
昏暗的汽車裡面，我一個人躺在後座，看著車窗外面流過的燈光。
爸爸媽媽今天又帶我去台中看醫生，整個晚上都在寫問卷和玩遊戲，累得我都不想動了。
「對不起，今天又看到這麼晚。」媽媽說：「你白天都在開車，晚上還要載我們。」
「呵啊……沒關係啦。」爸爸打了一個大呵欠。
「奕翔在學校有進步嗎？」
「老師說他的情緒控制有進步，比較不會和同學吵架。」
「那不錯啊。」
「但是他還是喜歡待在角落，一個人做自己的事。」
媽媽轉過頭來看我，我趕緊閉上眼睛。
「對呀，他愛看電視上的棒球。」爸爸說。
「可是帶他去球場，他一下子就說要回家。」
「他對聲音很敏感，棒球場太吵啦。」
「妳上次生日送他桃太郎的故事書，他喜歡嗎？」
「他整天都在看，還說自己是桃太郎，因為他和其他人都不一樣。」媽媽嘆了一口氣。
「我擔心他會一直活在想像世界裡面。」
「醫生不是說，亞斯伯格症會隨著長大改善嗎？」
「但是他以後要交女朋友怎麼辦？」
「呵啊……你也擔心得太遠了吧……」爸爸又打了一個很大的呵欠。

「呵啊……」

「你怎麼一直在打瞌睡？要不要停到路邊休息一下？」

「最近車開太多……呵啊……」

「小心那輛車！」

剎車聲、碰撞聲、尖叫聲刺進耳朵，我好像被丟到洗衣機裡面轉來轉去。

好硬的東西壓在我的身上，讓我覺得好痛，紅光警笛聲一直閃爍，然後就是……一片黑暗。

（白湄……我好難過……心好像快要被壓扁了。）

（那是因為我們進入白奕翔過去的心，體會到他的經驗。）

（這裡是他的心？為什麼我們要看這個？）

（……繼續看吧）

我睜開眼睛，阿公的老臉出現在我面前。

他眼睛好紅，眼淚流個不停，對著躺在旁邊床上、全身蓋著白布的男人大哭。

我的傷口好痛，好多繃帶纏在我身上，床上的那個人有點像爸爸，為什麼阿公要對著他哭？

後來他們告訴我爸爸走了，我覺得好怪，不知道怎麼表達，就是很怪。

我整天一直流冷汗，身體好熱，吃不下飯。

爸爸怎麼會走？他不是應該要一直待在家裡面，或是在開車的嗎？

這太奇怪了，不合理。

在爸爸的喪禮上，我第一次看到「怪鬼」。黑色的怪鬼從靈堂外面走了進來，把棺材裡面的白色爸爸拉起來。為什麼別人看不到他們？我好高興看到爸爸又會動，但是他卻要被帶走了。

我想要阻止怪鬼帶走爸爸，但是我的力氣太小，一點用都沒有。大人用奇怪的眼光看我，還跑過來抓住我。為什麼他們不去阻止怪鬼，而是讓爸爸被帶走呢？我氣得不得了，卻掙脫不了他們，只能看著爸爸被怪鬼帶走。

媽媽一直睡在床上，有時在醫院，有時在療養院。她的嘴裡插著管子，眼睛一直閉著，我叫她都沒有反應。她的頭髮被理得好短，手臂越來越細，臉頰瘦得像骷髏頭一樣。我一定要找到對付怪鬼的方法，不然媽媽也會被帶走的。電視裡面有演，要對付鬼要找道士或和尚。我找了幾間看起來人很多，很厲害的大廟或是聖宮，去找裡面的大人幫忙，可是他們都不相信我。

後來我到處去看喪禮與靈堂，發現道士和尚連怪鬼都看不見，只會在那裡唸經畫符，怪鬼還是把靈魂帶走。我連教堂的神父都去找了，還是不管用。

有一天我在家裡看《桃太郎》故事書，發現圖畫裡面鬼島上的鬼很像怪鬼。

而我就像是從桃子裡生出的桃太郎，和其他人都不一樣。

我最害怕的事情發生了，有一天阿公帶我到醫院去看媽媽，說要見她最後一面。媽媽的心電圖變成直線時，大家都哭出來，只有我沒有哭。

我回家把爸爸送我的球棒拿出來，學著故事書裡的桃太郎，躲到太平間要打怪鬼，這次我不能再讓媽媽被帶走。

可是我又失敗了，怪鬼……還是把媽媽帶走了。

阿公把我罵得好慘，關老師和一個又黑又壯的男人到醫院來看我。

我記得那個男人，是他在怪鬼面前救了我的。
「奕翔，你怎麼會拿著球棒跑到太平間，還弄得全身都是傷？」關老師問。
我不想說話。媽媽被怪鬼帶走，全部都完了，還有什麼好說的呢？
雖然關老師是好人，但是她也不相信我說的怪鬼。
「我來和他說吧。」
男人低頭靠在我的耳邊，悄悄地說：
「我看得見那些黑色的神靈。」
「……！」
我抓住了他的手，他笑著點了點頭。
第一次碰到有人和我一樣看得見怪鬼，而且他是個大人！我的心裡又燃起了希望。
我想要對他說爸爸媽媽被怪鬼抓走的事，可是太久沒說話了，一直講不清楚。
後來關老師教了我一個方法，說是亞斯伯格症患者的一種溝通方式，就是把要說的話寫下來，用文字來克服口語障礙。
「你可以寫日記。」關老師說。
「把心事寫出來，別人才知道你有什麼困難，要怎麼幫助你。」
「你很勇敢，我尊敬勇士。」男人笑著說：「我叫樹浪，以後你就叫我師父，有什麼事情就來問我吧。」
我拚命點頭，緊緊抓住樹浪的手，讓他知道我的決心。
——我一定要把爸爸媽媽，從怪鬼手中救回來！

二十三、日記

九月一日

今天我升上八年級了，班上都是一堆幼稚的小屁孩，一直嘲笑我的鬼打棒。他們怎麼知道，怪鬼不知道什麼時候會出現，我一定得隨身帶著鬼打棒才行。

因為車禍我的功課落後很多，但是我不在乎。除了數學的數字吸引我以外，其他科目都不想讀。

老師說我的說話溝通技術很差，那是別人太奇怪了。

他們想要說什麼話，不會直接說出來，我直接講出來，他們又會生氣。

我不是病人，而是亞斯伯格人。我喜歡自己是亞斯伯格人，不會說一些虛偽的話。看不懂那些小屁孩的表情又有什麼關係，我才不想理他們。

十月三日

樹浪師父今天來我家，告訴我一些怪鬼的事。

他說那些怪鬼在他們族裡叫作「米瓦」，屬於死亡世界的神靈。不管是原住民或是漢人，肉體死亡以後，米瓦都會坐著船來接走人的靈魂，去到「祖靈之山」，大家和諧的住在一起。

他知道我很想要狗和雞，就從部落帶了一隻狗給我，叫作「將軍」。牠以前是軍隊的救難犬，後來尾巴斷了，只好從救難隊退休。

另外還有一隻獨眼雞，是鄉下人養的鬥雞。我叫牠「國王」，因為牠好臭屁。

師父說牠們能幫助我對抗怪鬼，不讓怪鬼打傷我。

師父的工作是到很多地方去蓋房子，沒有辦法停留很久。我想和他去打怪鬼，他都沒有時間，只是一直要我小心，不能隨便去惹怪鬼。

我還要找到猴子，才能像桃太郎一樣去打鬼。

三月五日

比起吵死人的學校，我比較喜歡去街上的圖書館，那裡有好多書還有電腦。

我查到很多桃太郎和各種宗教的資料，可是幾乎都沒有提到怪鬼。

六月十八日

今天我又失敗了，好不容易在殯儀館的停屍間等到怪鬼，卻還是打不過他們。到底要怎麼樣才能勝過他們呢？

上午是國中的畢業典禮，班上有很多人希望我不要去參加。我才不管他們，照樣帶著鬼打棒去。

班導師和社工阿姨送我小禮物。阿公有來看我的畢業典禮，不過我一直想要先走，因為禮堂好吵。有幾個小屁孩一直對我罵髒話，真是幼稚。

我不喜歡國中，我想我根本不適合和那麼多人在一起，一個人比較好。

八月十三日

高中比國中還要更討厭，那個討厭的張浩，一直要和我作對，為什麼像他那種虛偽的人會受歡迎？為什麼我都交不到朋友？

在學校遇到關瑩老師，我很高興。有一個認識的人在會讓我比較安心。不過她變成學校老師以後，比以前更囉嗦了。

和國中比起來，我會比較想要和別人交往，看到他們在一起玩，我有點羨慕。

有時我會想要模仿那些受歡迎的人，但是他們都把我當白痴。

今天又看到林曉湄，她常常盯著我看，所以我也注意起她來。

不知為什麼，我想要讓她注意我。以前我對別人都沒有興趣的。是不是因為林曉湄的身邊，跟著一個和她長得一樣的白色女生？

好像又不只這樣。

九月二十日

今天在溪邊和林曉湄說話，雖然被阿公罵了，可是我好高興。

她有在注意我嗎？

也許我可以和她變成朋友哦。

林曉湄……

「我們再看下去，好像不太好意思耶……」

看到白奕翔的日記有越來越多有關我的事，我突然覺得有點害羞。

白湄笑著點了點頭，就在這一瞬間，世界的顏色改變了，我們從白奕翔過去的心中離開，回到了漆黑的世界。

沒想到那麼不會講話的白奕翔，寫起日記來文筆卻很流暢。而且他對我……當我正在胡思亂想時，白湄的身體散發著微光，對我微微一笑。

「妳知道我要告訴妳的事了嗎？」

「白奕翔為什麼會想打怪鬼……但是那和我有什麼關係？」

「他的未來與妳，也就是我是連結在一起的。」

「為什麼？」

「時候到了，妳就會知道的……」

「白湄？妳要去那裡？白湄——」

我覺得世界變亮了，迷糊地睜開眼睛，原來是晨光照在我的臉上。眼前是熟悉的房間天花板，剛才的事該不會都是一場夢吧？

腳上沉甸甸的好像被什麼東西壓著，我坐起身來，發現阿玉趴在床邊。她的身旁放著毛巾與臉盆，看來整個晚上都在照顧我。我的心中有點悸動，正不知該怎麼反應時，床下傳來男人的鼾聲。

「呼——呼——」

阿爸歪歪斜斜地睡在地板上，身上的衣服和昨天我離開家時一樣，連煮麵的圍兜都沒有拿下來。看著阿爸與阿玉，再想到夢中白奕翔他失去爸媽的痛苦經驗，我不自禁地紅了眼眶。

我決定要向阿玉好好道謝，如果阿玉問我越南菜單，我也會回答她的問題。生命是那麼的脆弱，隨時都會消失，我一直和她吵架，好像也太小孩子氣了。

有些事情，過去的就讓它過去。

我和她之間失去很久的東西，也許可以慢慢再找回來。

二十四、表演

「白奕翔，鬼打棒先放到旁邊，桃太郎才剛出生，還沒有拿到棒子！」
「眼鏡！你的狗尾巴呢？」
「黑仔，不要緊張，不要忘詞！」
第二次段考以後，我們這一組在表演課進行《鬼打棒》的短劇表演。我這個導演兼老婆婆兼大魔王催促著白奕翔、眼鏡與黑仔這三個傻瓜，在表演教室的簡易舞台上表演。
劇本是白奕翔寫的，我們明明排演過十幾次了，上台表演起來還是亂七八糟，同學們也笑得要死。
「老公和老婆婆的假髮好白痴哦！」
「桃太郎出場了，還有音樂特效耶！」
「猴子老師，你的的尾巴掉下來了！」
不過現在同學的這種笑，和之前分組時的惡意訕笑是不同的，他們是真的為我們的表演有趣而笑。
我想應該是在我們之前的組都演得太隨便了，看起來爛得要命。我們這一組不但有先排練、製作表演用的道具，還化了妝，和其他組比起來顯得好看多了。
白奕翔扮成現代版桃太郎的樣子，頭上綁著頭巾，手上拿著球棒，馴服猴子、狗、雞的食物從飯糰改成漢堡。
除了他演桃太郎以外，我、眼鏡和黑仔都是一人身兼好幾角，連表演老師都被我們拉來客串猴子。我死也不演猴子，大魔王我演起來倒是虎虎生風，班上同學大聲叫好。

表演從桃太郎被老公公、老婆婆收養開始。桃太郎和村人一直處得不好，後來怪鬼侵襲村子，打敗桃太郎，把老公公和老婆婆給抓走了。

村人看不到怪鬼，以為桃太郎在說謊騙人，沒有人要幫他。桃太郎為了救出老公公和老婆婆，拿著漢堡和鬼打棒出發了。

桃太郎收服了眼鏡狗、黑面雞還有老師猴，靠著他們的幫助終於找到木船，航行到了鬼島。

桃太郎神勇地用鬼打棒擊敗了鬼島上的許多怪鬼，來到了大魔王——也就是我的面前。我舉起黑色法杖，用可怕的聲音說：

「哈哈哈！桃太郎！有我怪鬼大魔王在這裡，你休想把老公公、老婆婆救回去！」

「咿啊——把他們還給我！」

「汪汪！」

「吱吱！」

「咕咕咕！」

桃太郎和狗、猴子與雞一起與大魔王奮戰，大戰數十回合後，在同學們的鼓譟與笑聲中，終於打敗了大魔王。

我趕緊把大魔王的袍子脫掉，戴上老婆婆的白色假髮，白奕翔卻低著頭呆在那裡，沒有過來救我和老公公。

「喂——白奕翔！快過來救我們啊！」

「白奕翔？」

我發現白奕翔的眼睛紅了，低著頭不停發抖。

我趕緊大喊：「桃太郎你好棒，把我們救出來了！」

「乖孫子，我們早點回家，大家過著幸福快樂的日子！」眼鏡扮的老公公說。

在如雷的掌聲與笑聲中，我們陪著白奕翔走下舞台。被邀請來當觀眾的闕老師和導師也用力鼓掌。

表演老師稱讚我們表演得非常好，甚至想讓我們在學期末的週會對全校表演。眼鏡和黑仔高興得跳來跳去，戲服都不想脫下來了。

「奕翔，你還好嗎？」闕老師問。

白奕翔低著頭，用手背擦著眼睛。

「我……很高興……」

「那太好了。」闕老師笑著說：「你們演得真好，老師看得好感動呢！」

「你們真的很努力。」導師的老臉露出難得的笑容，讓我們好開心。

羅美儀與鄔淑枝那一組接在我們後面表演，算他們倒楣。看到他們演得零零落落的，台下都沒人在看，我有點為鄔淑枝難過。

這些人不認真準備，只想打混過去，看到別人演得好又會眼紅。像羅美儀這種自私的人，怎麼會有人想真心挺她呢？

「為了獎勵你們，放學以後老師請你們去吃冰。」闕老師笑著說。

「真——真的嗎——？」黑仔大叫。

「謝謝老師！」我喊著。

今天真是太開心了。在冰果店裡我們一邊吃著四果冰，一邊聊著今天的表演，還有準備時所鬧的笑話。

白奕翔高興得滿臉通紅，從來沒有看過他說那麼多話。雖然說的內容還是有點和別人接不起來，但是已經比以前進步不少。

吃完冰以後，我又請他們到我們家「越南美食」吃晚飯。沒想到店裡坐滿客人，連店外都有人在排隊。

阿玉的手藝比爸爸好多了，現在店裡由她來掌廚，爸爸負責招待客人。好吃的口碑傳出去以後，生意越來越好，還有人從老遠特地跑來吃。

「你……你們的戲，成功了嗎？」爸爸問。

「一百分！」我豎起大拇指。

「太……太好了！」。

爸爸笑著從店鋪後面搬了一張預備桌出來，請大家坐下吃飯。阿玉聽到我們表演成功，也笑得好燦爛，拿了好多道菜過來請我們吃。

我們吃了海鮮河粉、涼拌木瓜絲、魚露冬粉，大家都讚不絕口。

關老師對白奕翔說：

「你阿公如果看到你的表演，一定會很高興的。」

「老師說我們學期末還要表演，到時候可以請阿公來看啊。」我說。

白奕翔點了點頭，我們愉快地邊吃邊聊，一直到了很晚才散會。

晚上睡覺的時間到了，我摸著撐得要命的肚子，心滿意足地躺在房間床上。可惜白湄已經很久沒有出現了，如果她看到今天我們的表演，一定也會很開心。我回想著從她消失之後發生的事：

看過白奕翔的心以後，我更積極地幫助他適應學校。在導師與關老師的幫助下，白奕翔慢慢能和班上同學相處，正常上課。雖然有時還是會和人吵架，但是比起之前動手打架已經好很多。

家裡的氣氛也有好轉，我和阿玉的互動多了起來，也會幫忙她招呼客人。爸爸看到我們比較和好的樣子，工作得更起勁。阿嬤看到小吃店的生意變好，沒什麼機會好挑阿玉的毛病，有時來店裡坐坐，也只能唸個幾句就走。

本來我擔心家裡開越南小吃店，同學知道我的祕密以後會取笑我。但是眼鏡和黑仔都覺得沒什麼，其他比較熟的同學好像也不在意。現在新住民的子女那麼多，他們覺得那也沒有什麼，而且比起我的媽媽是從哪裡來的，有我這個朋友更重要吧。

睡意緩緩來襲，我打了個呵欠。在我們的努力之下，未來似乎在往好的方向發展。我懷著笑意，墜入溫暖的夢鄉。

隔天早上我才知道，白奕翔的阿公腦溢血中風的消息。

二十五、失蹤

「白奕翔……你在哪裡？」
「白目——！」
「你快回家啊，別讓你阿公擔心！」
我和眼鏡與黑仔，在晚上板橋市的大街小巷裡喊叫著尋找白奕翔。
自從前天半夜白阿公中風，送到加護病房急救以後，原來陪在他身邊的白奕翔就失蹤了。學校、醫院與橋下的家裡都找不到他，連他養的狗與雞都不見了。
關老師急得不得了，要我們幫忙去尋找白奕翔，我們把所有他可能出現的地方都找過，卻連半點影子都看不到。
昨天導師找了班上一些比較熱心的同學一起到學校外面去找了整天，也去報警了，可是白奕翔依然不見蹤影。
「那個笨蛋，阿公的狀況這麼危險，他到底跑到哪裡去了？」
我聽去醫院幫忙看護阿公的阿玉說，白奕翔好像還有一個已經嫁人的姑姑，她也有過來照顧白阿公。但是白阿公是急性腦溢血，恐怕撐不過去。現在不止白阿公病危，連白奕翔都失蹤……
「林曉湄！妳有聽到嗎？」
「咦？」
我沒有發現眼鏡在身邊一直叫我，他語氣擔心的說：
「妳怎麼流那麼多汗？」
「對呀，妳好像很累，臉色好難看。」黑仔說。
「我沒事……」

眼鏡和黑仔知道我這兩天都沒有睡好，一直在找人，就勸我回家休息。

與他們告別以後，我獨自走在回家的夜路上，川流不息的車燈照射在我的身上。

我突然好想念白湄，如果她還在我身邊，一定能指引我方向。

我走上東興橋，靠在橋邊欄杆上，看著夜晚溪畔的高架橋工地，想到那時與樹浪、白奕翔和白湄為阿公煮藥湯的情景。

現在樹浪被派到台東的工地去監工，已經很久沒有來板橋。關老師有聯絡樹浪，但是他也不知道白奕翔去哪裡了。

那傢伙有沒有吃飯，有地方睡覺嗎？就要失去最後一個親人，他會不會太傷心而做出傻事？許多負面的想法在我的心中盤旋來去，怎麼也控制不了。

臉頰熱熱的，原來我的淚水忍不住落了下來。在白奕翔失蹤以後，我才發現自己竟然是這麼關心他。

白奕翔是一個善良的大男孩，只是命運對他開了很多玩笑。現在正是他最需要幫助的時刻，我怎麼能夠不關心他呢？關心他的人，又怎麼能夠灰心呢？

我把眼淚擦乾，再次認真地去想他為什麼會失蹤，他會去什麼地方，又想要做些什麼。沒人能真的了解別人的想法，但是我在白湄的指引下，曾經進入過他的心。

來自未來的白湄，一定已經預料到現在的危機，我必須從她帶我看過的情景，尋找到幫助白奕翔的線索。

突然一個想法躍入我的腦海，我不由得伸手緊抓住了欄杆。

該不會……該不會是那樣吧？可是……我該怎麼辦？

「小湄……！」

突然我看到爸爸從橋頭跑了過來，神色十分慌張。

「不……不好了！白阿公他……」

二十六、上船

「今天發生這麼多事，小湄妳不要累壞了，早點睡覺吧。」回到家裡以後，阿玉說。
她滿臉疲憊，臉上還有淚痕。
「大家去休……休息……」爸爸也是快累壞的樣子。
「爸……我……」
「怎……怎麼啦？」
「沒事。」我沒有把話說出來。
「我要去睡覺了，你們也早點休息吧。」
和爸爸與阿玉道過晚安以後，我坐在自己房間門後面，偷聽門外的聲音。
昨天晚上白奕翔的阿公去世以後，爸爸和阿玉幫忙白奕翔的姑姑處理阿公的後事，到處跑來跑去，真是累壞他們了。他們真是大好人，雖然白阿公不是我們的親戚，但是看到需要幫助的人，還是會當成自家的事一樣去幫忙。
雖然我也累壞了，但還不是休息的時候。
又過了一會，確定爸爸與阿玉都去睡了，我悄悄地推開房門，離開家裡。
深夜的板橋街上燈光昏暗，行人與車輛也少了，我就像一個孤獨的幽靈，默默地走在黑暗的馬路上。走到市立殯儀館門口時，已經快要半夜十二點了。
殯儀館的黃瓦牌樓大門，墓碑般聳立在黑闇的午夜，比平常更是陰森可怖。
我的全身冷汗直冒，自己一定是瘋了，才會在三更半夜來到這種地方。
殯儀館的大門是關起來的，偶然有汽車要出入時，警衛才會把大門打開。我趁著警衛與某輛靈車駕駛講話時，悄悄地溜進大門。當警衛突然回頭時，我的心臟都快要跳出嘴巴了，還好路邊剛好有一隻野貓經過，我才沒有被發現。

我憑著上次來時的印象，走過陰暗的幾條道路，來到停屍間的大門外。
停屍間燈光是亮的，還有人在值班。我走到門旁的矮樹叢後面，靜靜的等待。
雖然我很想把來這裡的事告訴爸爸和眼鏡他們，最後還是沒有開口。
我不想……讓他們捲入危險之中。
看著停屍間的微弱燈光，我的心不安地跳動。白阿公的遺體在今天下午運到殯儀館。根據我對白奕翔過去的了解，他一定不會讓阿公的靈魂被怪鬼帶走，我守在黑暗中，等待他的出現。
殯儀館裡一片死寂，空氣中有難聞的屍臭味，還有停屍間的冷藏機馬達聲。
夜更深了，黑暗的道路上走出了一高一矮兩條人影，似乎背著什麼東西。當他們的臉出現在路燈下時，我忍不住低聲叫了出來：
「白奕翔！樹浪！」
「林……林曉湄？妳怎麼會在這裡？」
白奕翔和樹浪看到從矮樹叢後面跑出來的我，都是非常驚訝。
他們全身衣服又髒又破，臉和手腳都有不少擦傷，好像剛從什麼荒郊野外回來。兩人都背著大麻袋，白奕翔拿著球棒，身後跟著白狗與紅雞，雙眼紅腫，臉頰削瘦，好像有好幾天沒有睡覺了。
「你這幾天到底跑到哪裡去了？」我的眼眶不自禁的紅了。
「我……」
「你知道我們有多擔心你嗎？」
「對……不起……」

白奕翔老實地低下頭，嗓音沙啞地說。
看到他滿臉憔悴的模樣，很多想說的話都哽在我的喉頭，說不出來。
樹浪比了個噤聲的手勢，帶我們躲到矮樹叢後面，確定沒有被停屍間的人發現以後，他才把肩上的麻袋放下。
「小妹妹，還是瞞不過妳啊。」
「樹浪叔叔，你不是對關老師說，白奕翔沒有去找你嗎？」
「這個嘛……」樹浪搔著頭，露出不好意思的笑容說：「其實奕翔在阿公出事時，就一個人坐火車，跑到台東來找我了。」
「你為什麼不告訴我們？」
「我不想把妳們牽連進來。」
「牽連？你們到底想要做什麼？」
「坐……坐船。」白奕翔說。
「坐船？」我楞了一下，驚慌地叫了出來：「坐怪鬼抬著的木船？你們瘋了！」
樹浪趕緊掩住我的嘴巴。
「噓——不要叫。」
「我不管，你們非把事情交代清楚，不然我就要叫人來了！」
樹浪看到我堅持的眼神，無奈地點了點頭。
「其實我在遇到小時候的阿翔以後，就一直在尋訪各地的部落長老，尋找有關米瓦和木船的傳說。去年終於被我找到了。」
樹浪開始述說一段叫作「黑海木船」的古老部落傳說。在很久很久以前，有一位法力強大的部落巫婆，因為太想念剛病死的愛女，不顧族人的勸阻，獻上祭品白桐花給米瓦，搭上他們的木船。

族人最後看到木船和米瓦進入了一片黑色的海洋，但是傳說就到此結束了。那個巫婆最後有沒有回來，沒人知道。

「那你們袋子裡裝的是……」

「白桐花。」樹浪把麻袋口打開，讓我看裡面漂亮的白色花瓣。傳說中米瓦是不可侵犯的神靈，凡人無法與他們溝通，唯一能取悅他們的祭品，只有在大霸尖山深處最早盛開的白色桐花。

他們這幾天就是爬進深山去採白桐花，直到昨天才回來。

「阿翔跑來問我要如何才能打敗怪鬼，不讓他阿公被帶走，還要去救他的爸爸、媽媽。我怎麼都無法阻止他。」

樹浪黝黑的臉微笑著：「來接好人的是善良的米瓦，會對小孩子手下留情。現在阿翔長大了還去阻止米瓦，我怕他連命都沒了。所以我乾脆帶他和米瓦去坐船，看看能不能找到他的爸爸、媽媽，連同阿公一起帶回來。」

樹浪雖然說得輕鬆，但是看到他們衣服勾破、全身擦傷的樣子，就可以想像他們到深山採花的艱辛。沒有極大的決心，不會去做這種危險的事。

不過竟然要為了不知是真是假的傳說去賭命，我正想開口罵人時，陡然一陣海潮的聲音從我背後傳來。

嘩——

那是我曾經聽過，卻再也不想聽到的聲音。我深吸一口氣，轉頭望著遠方殯儀館大門外，隱隱浮現的黑色海面。

散發青白色光芒的古老木船，在一群黑色怪鬼的撐舉下，浮出了黑色海面。四周的路燈不停明滅，怪鬼群抬著木船步出海面，朝著這裡緩緩靠近。

這次不用透過白湄，我就看得到扭曲著四肢的怪鬼。

「好可怕哦！」我害怕地握住白奕翔的手，發現他在不停顫抖。

「曉……曉湄，我們要去了，妳留在這裡。」

白奕翔低頭說，這是他第一次直接叫我的名字。

「我不要妳遇到危險。」

「不行！」我拉著他的手喊著。

「這太危險了！」

「小妹妹，妳就在這裡等我們吧。」樹浪笑了笑。

「我沒有辦法放下阿翔不管，只好陪他去一趟。如果我沒有回來，幫我向阿瑩講一聲……對不起。」

「你們……等一下！」

不顧我的阻止，白奕翔和樹浪提著麻袋從樹叢後走出，朝著領頭的怪鬼走過去。

樹浪大聲吟唱著我聽不懂的咒語：

喔……gaziziga zalamulame la……

Ai gasiliwali ga zimiges gam nu……

聽到咒語，怪鬼的腳步變慢了。樹浪從麻袋裡抓出白桐花瓣，朝著白奕翔身上灑過去。白奕翔也拿著花瓣灑向樹浪，說也奇怪，這些花瓣就黏在他們身上，不會掉下去。

很快兩人身上就蓋滿了花瓣，全身染成白色。

眼看怪鬼就要接近，我一咬牙，從矮樹叢後面跑了出來，衝到他們的身邊。白奕翔和樹浪看到我跑過來，都嚇得張大嘴巴，但是不敢發出聲音。

樹浪趕緊把白桐花瓣往我身上灑，白奕翔也跟著做，花瓣冰冰涼涼的，原來上面沾著不少露水，黏貼在身上十分舒服。

怪鬼抬著木船走到了我們眼前，看到他們詭異可怕的模樣，我可以聽到自己心臟的亂跳聲。

樹浪口中唸著咒語，把白桐花瓣向領頭的怪鬼身上灑去。領頭的怪鬼姿勢奇怪地彎下身去，伸出黑手撿起白桐花瓣，似乎十分喜歡的樣子。

忽然長長的黑手朝著我伸來，一隻瘦高的怪鬼把我整個人抱起來，放在他的肩膀上，就像對待被他們帶走的白色靈魂一樣。我嚇得幾乎尖叫，還好拚命忍住。白奕翔和樹浪也都被怪鬼給扛在身上，不知道是不是身上黏著花瓣的關係，我們都被當成是白色靈魂來對待了。

我發現怪鬼雖然外表詭異，看來有點邪惡，但是對待我們其實還蠻小心的。動作放得很輕，不會讓我們受傷。可能是之前白奕翔對他們加以攻擊，才會遭到他們的還擊。

其他的怪鬼陸續走進停屍間，把幾個白色靈魂帶了出來，其中一個禿頭老爺爺，就是白奕翔的阿公！看到阿公白奕翔想要大叫，又不敢叫出聲來。等到所有的怪鬼都回來了以後，領頭怪鬼發出奇異的叫聲，怪鬼們攀上木船，把我們與白色靈魂放了上去。

這是一艘古老半朽的樟木帆船，甲板兩旁放著許多長柄木槳。

我靠在船欄看著下面眾多怪鬼抬著木船，朝著黑色大海走去。

白奕翔走到阿公身旁，雙手緊握他的手，低頭不斷顫抖。

（小妹……）樹浪從口袋拿出一片繡著符文的黑布，靠在我的耳邊低語。（把這個綁在頭上，遮住眼睛。通往神靈世界的通道是神祕的，我們不能觀看，不然就沒有辦法回來。）

我綁上黑布遮住眼睛以後，只能聽到怪鬼爬上木船的叫聲，與划起木槳的拍打波濤聲。

就在一片漆黑與不安之中，木船搖晃著向下沉沒。

二十七、告別

眼睛被黑布遮住，我只能用身體去感受周圍環境的變化。我們似乎進入了什麼液體之中，但是它的密度很淡薄，我們還是可以呼吸。

怪鬼的划船聲節奏很慢，腳下的甲板不斷輕輕晃動，有時會發出唧唧的木頭擠壓聲，還有海潮沖打船身的聲音。

感覺近乎永恆的時間經過後，一雙大手把我頭上的黑布取了下來。樹浪對我說話，但是我聽不到，只能從口唇判斷他說的是：（我們……到了）。

我們的木船竟然是在廣大的空間中飛行，前方有一座高聳綿延的白色山脈，山脈的岩石與森林都散發著白光，許多木船在上面起飛降落。

木船上划船的黑色怪鬼被山脈的白光照射後，外形逐漸變小，顏色也改變了，變成了白色人類靈魂的樣子。

原來我們在人間看到的黑色怪鬼，都是白色靈魂變的？我看著身旁的白奕翔，他也是一臉吃驚。我想要向他說話，聲音卻傳不過去，這裡的空氣似乎無法傳遞我們的聲波。

我們的木船飛進白色山脈，經過幾座大山與峽谷，進入了一個純白樹影搖曳、充滿花草清香的美麗山谷。

這時我們船上的怪鬼逐漸化成白色靈魂。靈魂放下木槳，露出笑容，朝著被帶來的白色靈魂走了過去。

「——！」

白奕翔突然跳了起來，手指著一個怪鬼。那個怪鬼是負責帶走白阿公的，現在的外形變成了一個白色女子靈魂。

這個女人的臉孔我依稀認識，好像在什麼地方看過？白奕翔激動地又叫又跳，朝那個女人衝了過去。

白色女子伸出雙手摟住了白奕翔，他們兩個人緊緊相擁，似乎對彼此非常熟悉。看到白色女子溫柔的臉孔，我突然想起，那不就是白奕翔的媽媽？我在他的夢中曾經看過她。

白阿公的靈魂也恢復了意識，走到白奕翔和白媽媽的身邊，和他們說話。

看到白奕翔與媽媽、阿公相見的感人情景，我的眼眶不由得紅了，樹浪也十分感動，在我的身邊一直揉著眼睛。

其他的白色靈魂也都分別與親人相認，好像來接他們的怪鬼，都是他們死去親人變成的。白色靈魂之間可以互相對話，但是我們聽不到他們的聲音。

木船緩緩降落在山谷間一座寬廣的湖泊水面上，在湖上航行以後，接近了一處灰色船堤。船堤後面是一座廣闊的白桐花林，林間依稀可以看到許多木屋與人影。

灰色湖堤上有許多白色人影在等著木船。我看到一個男人對著白奕翔他們熱切地揮手，雖然我沒有見過他，但是我想應該是白奕翔的爸爸吧？

木船慢慢停靠在船堤邊上，船上的白色靈魂架好渡板，讓乘客一一走下船。白爸爸在渡板的那一頭向白奕翔與阿公揮手，阿公和媽媽走過了渡板，白奕翔正想走上去時，樹浪突然從後面拉住了他的手，不讓他下船。

白奕翔想要掙脫樹浪，兩人比手畫腳地爭執了起來。我趕緊走到他們身邊，樹浪用手勢告訴我們，可能活人下船，就再也不能回去了。白奕翔拚命搖頭，對著船堤上的親人哽咽大叫，他們用困惑的眼神回望著他。

白奕翔頭上的白桐花瓣被他搖落不少，露出下面的活人臉孔，身旁的白色靈魂看到他的樣子，都張嘴驚叫著。

白奕翔的爸爸媽媽與阿公跑上船，撿起船上的白桐花瓣，趕緊黏回白奕翔的頭上。他們好像已經明白我們其實並沒有死，比著手勢要我們快點回去，白奕翔卻一直不肯。

這時木船在幾個新登船的白色靈魂操縱下，即將再次出航。白奕翔的家人在他身邊露出笑容，用手勢告訴白奕翔，他們在這裡過得很幸福，要他放心的回去。白奕翔也不知道看不看得懂，只是不斷大吼大叫，白桐花瓣下的臉滿是淚水。

我拉住白奕翔的手，樹浪也苦勸他。最後木船終於還是啟程了。白奕翔在我們半勸半拉下走到船尾，對他在湖堤上的爸爸、媽媽與阿公用力揮手。

木船逐漸離開了湖堤，堤上的人影越變越小，白奕翔還是不斷用力揮著手，吶喊家人的名字。我看著山谷間的白桐花林，還有那些過著祥和生活的白色靈魂。

在再次用黑布遮住眼睛前，我放眼眺望，把這個如夢似幻，不可思議的美麗景色，深深烙印在記憶深處。

二十八、放下

「奕翔，你的球棒呢？」

「……」

關老師站在早晨的學校門口，驚訝地看著入學以來，第一次沒有帶球棒來上學的白奕翔。

「老師，他不再帶球棒來了。」我站在白奕翔的身邊說。白奕翔的那根鬼打棒，現在作為紀念品放在我的房間。

關老師再問了一次：「你真的不再帶球棒了？」

白奕翔低著頭，點了點頭。

「已經……不用了。」

我看著白奕翔，回想起不久之前，某一個深夜發生的事。

在那場畢生難忘的木船旅程結束以後，我們回到了殯儀館的一處空地上。

白奕翔望著夜空，像小孩子一樣放聲大哭，淚水把他的臉和衣服都沾溼，哭成了淚人兒。我和樹浪怎麼安慰他都沒有用，只能任由他大聲哭泣。

「爸！媽！阿公……」

「嗚……嗚啊……」

白奕翔哭了好久好久，像是要把一切的悲傷都化成眼淚。流出數不清的淚水，哭得喉嚨沙啞得發不出聲音以後，他整個人向後癱倒。

我和樹浪連忙把他扶住，樹浪摟住大男孩，輕拍著他的背說：

「別難過了，他們都過得很好……我們回家吧。」

我默默地看著白奕翔，今天晚上他經歷了與爸媽重逢的喜悅，還有與阿公分離的痛苦。

樹浪轉過頭來，對我笑了笑。

「勇敢的小妹，妳也趕快回家吧。」

「可是……」

「回家吧，不要讓爸爸媽媽擔心了。」

樹浪簡單交代我今晚的事要保密以後，便背起白奕翔要離開。我把掉在地上的球棒撿起來，想要拿給白奕翔，他伸手推開球棒，虛弱的對我說：

「鬼打棒……送給妳……」

「白奕翔？」

「我……不用了……」

白奕翔哭得紅腫的眼睛看著我，我會意地點了點頭。我們都明白，這樣做代表的意義。這個男孩……再也不必去打怪鬼了。

「噹——噹噹！」

校園的清晨鐘聲把我從回憶中喚醒，從那一天以後，白奕翔又休息了一段時間才回到學校。在校門口等他的關老師，還關心地詢問著：

「你和姑姑、姑丈一起生活，還適應嗎？」

「他們常常聽不懂我的話。」白奕翔搔了搔頭。

「不過我都沒有生氣，也沒有亂講話。」

「你要照老師說的，生氣時先深吸吸，不可以惹姑姑生氣哦。」關老師說。

關老師雖然不知道發生在白奕翔身上的靈異事件，但是她為白阿公的喪事出了好多力，並且說服白奕翔的姑姑，在他高中畢業前先暫住在姑姑家。

白姑姑的家也在板橋，不過她以前對白奕翔的印象並不好，覺得他是愛用暴力的壞小孩，關老師解釋白奕翔的亞斯伯格症症狀後，她才答應要照顧白奕翔。

經過一段時間的神祕失蹤，班上同學對再次出現的白奕翔十分好奇，還出現了不少奇怪的傳聞。

「白目，聽說你上山拜師學武功？」

「你不是被警察抓去關了？」

「咦？你不是和林曉湄私奔了？」

「同學們，不要再亂傳八卦了。白奕翔是到了台東的朋友家去住……」

還好導師花了很多時間對同學解釋，本來差一點就要休學的他，總算是再回到了班級。

自從不帶球棒，白奕翔的氣質改變了。他不再像以前容易暴怒，雖然亞斯伯格症是終身性的，有時他還是很白目，但是和開學時相比已經收斂很多。

上次他失蹤時曾幫忙去找他的同學，因為知道他家的狀況，對他會比較好，其他同學也開始慢慢習慣他的存在。雖然還談不上多和諧，但是起碼不會再常常吵架了。

白奕翔的數學天分逐漸展現出來，數學老師有時會要他上台去解題，他總是很快的就解出來，而且算法都是一般人想不到的巧妙。

羅美儀與張浩雖然有時還是會找他的麻煩，但是在缺少同學支持下，沒有辦法把事情搞大，他們也覺得有點無趣。

同學都知道我的媽媽是越南來的新住民了，有人會拿這個對我開一些無聊的玩笑。玩笑開得太過分，我會大聲反嗆，慢慢就沒人敢亂開玩笑了。

學期末時，有一件讓人驚訝的事發生。

有一天早上我走到教室門口，看到幾個比較早到的同學指著黑板，不知在吵些什麼。我走進去一看，黑板上寫著一排大字：「羅美儀的媽媽是越南新娘！」下面還有署名「小Q」。

「什麼……？」

這一排文字讓我看得一頭霧水，羅美儀不是常說她的爸媽是有錢人，怎麼會是越南新娘？而那個小Q……不就是把我和白奕翔的照片貼在網路上的人嗎？

「馬的！這些騙人的話是誰寫的！」

尖銳的怒吼在我們身後響起，羅美儀推開同學，拿起板擦把黑板上的字給快速擦掉。

「這個亂寫的『小Q』是誰？你們有沒有看到？」

「沒有啊？」同學們沒有人知道是誰寫的，我也猛搖著頭。

「一進教室，字就在黑板上了。」

「這些都是騙人的，不要相信！」羅美儀裝著鎮靜，聲音卻有點發抖。

「我們知道啦。妳媽媽不是有來過學校？」

羅美儀的媽媽親師座談時有來過班上，她拿著LV的包包，穿了一堆名牌衣服，貴婦人的打扮，女生都對她記得很清楚。

「這個小Q……給我記住！」羅美儀用力把板擦用力一摔，走下講台。

我和她錯身而過時，發現她的表情除了憤怒，還有深深的恐懼。為什麼她會有這種表情呢？

在羅美儀與張浩要大家保密的要求下，這件事後來沒什麼發展，不過我對羅美儀的表情印象深刻。回家以後，我把這件事對阿玉說，沒想到她告訴我更驚人的事。

「羅美儀的媽媽真的是從越南來的？妳沒有搞錯？」我睜大眼睛問。

「才不會搞錯呢。」阿玉笑著說。

「我們識字班有人認識她媽媽，她是工作時和台商老闆認識結婚，不是仲介介紹到台灣的。」

「羅美儀她……怎麼可能？」

這個消息實在太讓我吃驚了，沒想到那個私下一直叫我越南妹的羅美儀，竟然媽媽也是從越南來的。難怪她沒有在同學面前用新住民子女的身分來攻擊我，她自己本身就是了嘛！可是既然我們都是新住民子女，羅美儀為什麼要一開學就把我當成死對頭，要大家霸凌我呢？

有一天中午，羅美儀把我叫到教室後面的空地，很兇的問：

「越南妹，黑板上的字是不是妳寫的？」

「不是有好幾個人看到，我是後來才進教室的嗎？」

「馬的！那到底是誰寫的？」

羅美儀的臉臭得像鬼一樣。

這時我才明白，她霸凌我是為了要先打預防針，我就算被發現是新住民子女，人家也不會把她和我聯想在一起。

「妳在怕什麼？」我說。「怕朋友會瞧不起妳？」

「我有什麼好怕的，而且那根本是騙人的！」

我搖了搖頭。聽阿玉說羅美儀的媽媽很會做生意，還會主持電台，是很成功的新住民。這樣優秀的媽媽都不敢承認，她就這麼愛面子？

「媽媽是新住民有什麼關係，真正的朋友才不會計較這些。」

我從她身邊走過，向教室走去。

「但是妳有沒有這樣的朋友，我就不知道了。」

「妳……」

她在後面氣的咬牙切齒，卻不能再說些什麼。

自從黑板事件以後，羅美儀變得比較收斂，不像以前那樣子在班上頤指氣使。但是那個「小Q」到底是誰？這個人很陰險，在私底下搞一些壞手段，而且好像是針對新住民而來，我還是要多小心才行。

少了羅美儀的支持，張浩也沒辦法像以前那麼囂張，我們「垃圾組」的日子也越來越好過了。只是我和鄒淑枝的關係一直沒有恢復，她好像想要對我說些什麼，但是我總是會躲開她。她對我的背叛，實在傷我太深。

學務主任對代課的關老師本來十分瞧不起，後來她不但輔導業務帶得好，還讓白奕翔不再惹事。主任對關老師刮目相看，學校決定續聘關老師，我和白奕翔都很高興。

時間過得很快，我們升上二年級，也搬到了新建的校舍。白奕翔對換新教室一直抱怨，說破壞了他的生活規律，有幾次他還一個人跑到舊校舍去上課。是我和關老師死拉活拖，才好不容易讓他適應新環境。

雖然白奕翔不再住在橋下的鐵皮屋，我們放學以後還是常常見面。爸爸要白奕翔到我們家來搭伙吃晚飯，減輕他姑姑的負擔。

因為放學以後會一起回家，班上的同學好像都把我和白奕翔當成一對，這還真是煩人，不過我看他好像不太煩惱這個。

我以為這樣和平的時光，會一直持續下去。

但是有幾件事情發生了。

二十九、不信

端午節過後某個初夏夜裡，阿玉與爸爸收拾店裡的碗盤與桌椅，準備要打烊了。我在角落的桌子上寫作業。看到他們忙碌的樣子，我放下原子筆。

「爸，我來幫你們收店。」

「不……不用，妳做功課要緊。」爸爸搬著椅子，對我笑著說。

我點了點頭，看著阿玉在小廚房裡忙著收拾食材、菜渣、洗那些鍋碗瓢盆。雖然小吃店的生意變好，但也讓他們整天忙得團團轉的。

半夜關店以後還要花兩個小時來準備好明天的食材，真的是非常辛苦。

阿玉穿著粗布衣服，套著油膩的圍兜，邊洗著碗還邊哼著歌。經過這幾年在店裡廚房的勞動，她的手變得粗糙，臉被薰黑了，全身都是油垢，不再像她剛回來時，削瘦到有點病容的樣子。

雖然店裡工作很繁重，但我從來也沒有聽她抱怨過，反而時常看到她和爸爸開心地笑著。

店裡的舊電視，播放著天氣預報：「今年第一個強烈颱風在呂宋島東方形成，有可能會影響到台灣本島……」

「小湄……妳有聽到嗎？」

「咦？」

我從作業簿中抬起頭，阿玉和爸爸站在我的面前。阿玉露出有點猶豫，又有點期待的表情。

「你們怎麼啦？」我說。

「阿……阿玉有話想和妳說。」爸爸說。

我在心中猜想著，該不會是阿玉又懷孕了，要給我生個弟弟或妹妹吧？如果真的是那樣子，好像也挺不錯的。但是她為什麼這麼難以啟口的樣子？

「妳的外公、外婆，在這一年給我寫了好多封信。」阿玉說。

「他們說希望我能夠回去胡志明市的家裡，給他們看看。我媽媽……妳外婆的身體一直不好，我很擔心耶。」

阿玉的聲音雖然不大，聽在我耳中卻像是打雷一樣。

她剛才說了什麼？她要回越南？

「店……店裡的生意不錯，存了一筆錢。」爸爸幫著她說：「阿……阿玉很久沒有回娘家了，我想……讓她帶一些錢回去，看看娘家有沒有什麼需要幫助的地方。」

「不行！」

我站了起來，雙手拍著桌子大吼。

「她不能回去——絕對不行！」

「小湄……」阿玉還想說什麼，我對著她大叫。

「我不相信妳！妳一定不會回來的！」

爸爸歪著嘴，焦急的解釋著：「不會啦……她會……回來的。」

「對啊，媽媽一定會回來的。」阿玉說。

「妳給我閉嘴！」

我手指著阿玉，對著爸爸怒吼。

「爸爸……這個女人以前背叛了我們，偷了家裡的錢，還把我們遺棄了那麼久！你怎麼能夠相信她！」

「小……小湄！」

爸爸急得臉都白了，我也不想聽他們解釋，拿著書包就往外走。

阿玉從店裡追了出來，拉住我的手。

「小湄——！」

看到阿玉臉上難過的表情，我的心頭不由得一酸，

但是我還是咬著牙，把她的手甩開。

「妳要回越南去，就永遠不要再回來！」

「小湄！」

我不再理會他們，拔腿就跑。為什麼……為什麼就在我心中的傷口開始痊癒時，要再把那傷疤用力撕開？我低著頭，跑進了黑暗的街道。

三十、故事

「小湄。」

「幹嘛？」我沒好氣的問。

「我……才要問妳。」白奕翔皺著他的粗眉毛。

「妳在這裡幹嘛？」

昨天晚上和家人大吵一架，我的心情爛透了，把自己鎖在房間裡面，他們怎麼叫我都不應。今天老師講的課我都聽不進去，放學也不想回店裡，習慣性的走到東興橋下的溪畔。溪畔的高架橋工程越蓋越高了，在完成一半的橋墩外側堆了許多砂石堆，還架起了高聳的鷹架。可能是因為明天強烈颱風就要來了，工人正在趕著堆積擋水砂包，卡車不斷進進出出的。

我坐在白奕翔老家鐵皮屋外的大石頭上，看著大漢溪流過的溪水。

不知坐了多久以後，聽到白奕翔在後面叫我。

「妳……沒有回家，不是要去幫妳媽媽顧店？」

白奕翔的身旁跟著國王與將軍。他的姑姑家不能養狗和雞，他就把牠們放養在橋下。他的手上提著幾包剩菜，應該是來餵牠們的。

「誰要去幫忙那個女人！」我的頭低下去。

「不過存了一點錢，就想要回越南去……如果她不回來了怎麼辦？」

「國王、將軍，吃飯了！」

白奕翔把剩菜倒進地上的狗碗，國王和將軍高興地撲了上去。

「喂！你有沒有在聽我說話啊？」

「妳剛才說什麼？」

「你——給我過來乖乖坐好！」

白奕翔這不會看人臉色的傢伙，要我過去拉他，才在我身邊坐下。

他長得越來越高了，沒事長這麼高幹嘛。要不是我心情不好想找人說話，早就不理他了。

「幹……幹嘛？」

「我要說故事給你聽。」

「誰的故事？」

「你再問，我就不說囉。」

「我不問，我喜歡聽故事。」白奕翔用手遮住嘴巴。這個又高又瘦的高中男孩，表情還是像小孩一樣純真。

「在很久很久以前，有一個小女孩……」

小女孩的媽媽是外國人，爸爸用他存了好久的錢請了婚姻仲介，才把她娶回台灣。媽媽既漂亮又溫柔，會刺繡做衣服，還會煮好吃的菜。小女孩最喜歡媽媽了，就算阿嬤不喜歡媽媽，她還是支持她。

小女孩的爸爸在工廠做工，每天都很晚才回家。媽媽還不太會說國語，連出去買菜都有問題，每天只能關在家裡和阿嬤相處。

阿嬤討厭媽媽，覺得外籍媳婦讓她沒面子，整天挑她的毛病。一下說她不會生男孩，一下又說她煮的菜味道太酸，又不會講台語。媽媽的日子過得好難受，爸爸想要為媽媽說情，又不太會講話。

「那個阿嬤好討人厭。」白奕翔說。「我們班的阿嬤老師就好多了。」

「不是叫阿嬤的都一樣好嗎？」我沒好氣的說。

小女孩進了小學。有些同學因為她的口音和別人不一樣，常常嘲笑她。笑她的皮膚黑，媽媽是外勞、菲傭，不然就是來台灣騙男人錢的壞女人。

小女孩常常氣得都吃不下飯，她不是為自己生氣，而是為了媽媽生氣。媽媽明明是那麼好的人，為什麼要被別人說成那樣？他們對媽媽一點都不了解，只會在那裡隨便亂講。

為了不讓自己的口音被嘲笑，小女孩很努力地練習講國語。但是媽媽看不懂國字，不能教她作功課，爸爸又很晚才回家，小女孩的功課常常跟不上別人。

媽媽臉上的笑容越來越少，她沒有什麼朋友，去什麼地方阿嬤都要管。媽媽常說她想念老家，想要回去看父母。小女孩對媽媽的祖國很好奇，媽媽常說那裡是個美麗的地方，如果媽媽要回去，她也要一起去，不要和阿嬤在一起。

阿嬤聽說媽媽想要回老家，氣得用筷子和碗丟她，說她是賠錢貨，還想亂花家裡的錢。媽媽一直哭，爸爸回家以後好生氣，說阿嬤怎麼可以這麼對待媽媽。

後來小女孩再也沒有聽到媽媽提起要回家的事情，不過她知道媽媽在半夜裡，還是會在被子裡偷偷哭泣。

有一天，小女孩在學校等媽媽來接她，媽媽的腳踏車卻一直沒有出現。她在校門口等了好久，終於有人來接她，卻是兩眼紅腫的爸爸。她問爸爸媽媽去那裡了，爸爸說不出話，只是一直搖頭。回到家裡，阿嬤氣得快發瘋了，一直在罵媽媽。她說媽媽是該死的小偷，把家裡存的錢都拿走，偷跑回國外的老家了。

阿嬤說媽媽一定是計畫了好久，又說爸爸是個笨蛋，怎麼都不會提防媽媽，還把錢都交給她管。阿嬤想要報警，被爸爸阻止了，她說的話小女孩一句都不相信，媽媽那麼好的人，怎麼會做這種事？

媽媽一定是受不了阿嬤的欺負，才想回老家去休息。但是小女孩還是很傷心。媽媽早上說會來學校接她的，怎麼可以騙人呢？

難道媽媽連她都不相信，連她都要一起欺騙？媽媽沒有把她一起帶走，媽媽不要她了嗎？小女孩的心中有好多疑問，卻沒有人能幫她解答。

失去了媽媽，小女孩覺得好痛苦，每天動不動就被阿嬤罵，爸爸又忙著作工。小女孩每天都等著媽媽回來，只要有人打電話來，或是從門外推門進來，她就以為是媽媽，但是每一次她都失望了。

小女孩一天又一天的計算日子，可是媽媽還是沒有回來。

有一天她忘記媽媽離開幾天了，她驚慌地不斷回想，但是再怎麼算都不對。最後，小女孩放棄了計算。她決定把那個拋棄自己的媽媽忘掉。可是每個早上醒來，枕頭還是都溼了一大塊。

「那個小女孩好笨。媽媽走了還一直想她。」白奕翔說。

「你自己還不是一樣。」我沒好氣的說。

小女孩慢慢長大，失去媽媽以後，她學會了自己照顧自己。爸爸在工廠出事受傷，待在家裡休養，也是她照顧的。就在她國中接近畢業的時候，那個女人又出現在她的面前。

爸爸就像那個女人從來沒有離開過似的，再次接受了她，但是女孩發現，她無法用「媽媽」來稱呼這個女人。媽媽在她的記憶中是溫柔體貼的，永遠不會拋棄自己的，這個女人雖然外表很像，卻犯下了背叛的罪行。她，無法承認這個人是媽媽。

那個女人心懷愧疚，為女孩做了許多事情，想要彌補她們之間幾年來的空白。但是被親生媽媽拋棄的痛苦傷痕，不是輕易能夠撫平的。

一年多的時間過去了，小女孩感受到那女人的誠意，也試著重新接納她，但是那一聲「媽媽」，卻始終沒能說出口。因為她很害怕，如果再次被拋棄的話，她將會無法承受那種痛苦。

就在昨天，女人不知道女孩有多害怕她會再消失，竟然說想要回去家鄉看父母。她回來才不過一年多，就想要離開，誰知道這次她會不會回來？

女孩非常生氣，把她的心事和一個男生講，但是那個男生一定聽不懂她講的是誰，這讓女孩更生氣了。

「那個男生是誰，這麼白目？」白奕翔摸著頭說。

「是啊，到底是誰呢？」我翻了個白眼，站了起來。

「故事說完了，你有什麼感想？」

「呃……」白奕翔想了半天也講不出話來。算了，誰叫他是亞斯伯格，我和阿玉的複雜關係對他來說是無法理解的吧？我背起書包。

「我要走了。」

「談……談話。」

「什麼？」我的腳步停住了。

「就……就是妳剛才說的那個女孩啊。她應該去和關老師談話。」

「為什麼？」

白奕翔搔著頭，看著旁邊說：「我不懂的事，關老師會懂。妳應該叫那個女孩去找老師，她需要別人的幫忙。」

我不是沒有想過去找關老師談，不過從白奕翔口中聽到這種關心別人的話，讓我有一點感動。他一定是很努力思考，才能想出這個辦法。

「妳……要和那個女孩說哦。」

「她已經聽到了。」我微笑著說。

「什麼？」

「沒事。」

忽然我看到上面的東興橋頭，阿玉站在水泥欄杆後面，正在朝下面張望。一股說不出來的煩躁感覺湧上心頭。

「小湄——該回家了——」阿玉喊著。

「你媽在叫你耶。」白奕翔說。

「知道啦！」我站起身來，轉身朝著小巷走去。

「煩死了……」

我理解阿玉想回去看外公外婆，但是我無法相信她。

明天去輔導室一趟吧。關老師和阿玉談得來，也許她可以勸阿玉不要回去。

三十一、真相

「老師，這張紙是什麼？」

我坐在輔導室的談話室椅子上，看著桌上放著的一張列印紙。

關老師與導師坐在兩旁，眉頭緊鎖地看著我。

大雨從昨天一直下到今天早上，還颳起了狂風。強烈颱風今天晚上會登陸，我撐著雨傘冒雨上學，好不容易走到學校，身上的衣服已經溼了一半。

還沒有進教室我就被導師叫住，她和關老師帶我去輔導室，說有事情要告訴我。

是什麼事讓她們這麼緊張？

「今天老師剛好有事提早來學校。」導師說。

「那時只有最早來的鄔淑枝在教室，她把這張紙拿給我，說是不知道誰貼在教室後面公布欄上的。」

「小湄，妳看一下紙上的內容。」關老師說。

我把那張紙拿起來看，上面是用印表機印的一篇舊新聞，應該是從網路上擷取下來的：

台籍男子強逼外籍女子賣淫，桃檢起訴九人。

台灣籍男子王朝明夥同九人組成賣淫集團，專門誘騙逃逸女外籍勞工與外籍新娘，利用她們不通國語，竟然將她們賣入火坑，桃園地方法院檢察署依妨害風化罪將九名成員提起公訴。

桃園地檢署今天公布起訴書指出，四十九歲王朝明等人從民國九十五年起共組賣淫集團，旗下同夥分工以暴力、誘拐、監控、性剝削等方式強迫外籍女子，牟取暴利。

檢方指出，王朝明利用曾在越南工作，會說越南話之便，在板橋、桃園火車站、新竹市公園內搭訕越南女子。並以協助其回越南為幌子，詐騙強迫十名女子前往王朝明住處監禁，再送往新竹等地賣淫。王朝明使用暴力傷害、威嚇女子，控制她們的人身自由，並利用她們言語不通，無法立即報案，使得被害女子淪落風塵。

某名受害的越南籍女子，利用機會逃出監禁處所報案，才讓嫌犯就逮。全案經新竹地檢署指揮調查局新竹縣調查站、移民署、新竹市警分局偵破全案，集團九名共犯被依照妨害風化等罪嫌，提起公訴。

這個賣淫集團的壞人太可惡了，可是這和我有什麼關係？在文字新聞的下面有一張照片，上面有著戴上手銬被逮的嫌犯，和報案的越南籍女子。女子用報紙遮面，但還是露出了半邊臉孔，看到她的臉，我尖叫了出來：

「阿玉——！」

外面的風雨猛烈地吹打著會談室的窗戶，我昏昏沉沉的看著手上的紙片。

阿玉……被抓去……賣淫……？

她不是偷錢回去越南老家嗎？怎麼會變成被壞人抓去呢？

照片旁邊用原子筆寫著幾個字。「班上某人的媽媽是妓女。」後面還有一個署名，是「小Q」！

我拿著這張紙，雙手不斷發抖。

「騙人……這個新聞一定是假的！」

「小湄，冷靜一點。」關老師說。

「老師上網去查過了，這是一則真實的新聞。我看到這張照片也很吃驚，沒想到阿玉曾經是受害人。她在破案以後去受害婦女輔導中心接受治療，又過了幾年才回到妳家……」

關老師說什麼，我已經沒有在聽了。阿玉被強迫賣淫？

這種事……怎麼可能會發生在她的身上？

「老師已經交代鄔淑枝，這件事不能告訴任何人。還好今天早上她是第一個來學校的，這張紙應該還沒有被人看到。我們會去追查，到底是哪個同學做這種惡意的行為……小湄，妳有在聽嗎？」

導師的聲音模模糊糊的，根本聽不清楚。我的視野中只有那張可怕的照片，還有那些醜惡的文字。

難道……會是她？

我站起身來，向往門外走去。

「小湄——妳要去那裡？」

老師的叫聲從後面傳來，我不理會她們，往班上奔跑了過去。

「小湄，妳要做什麼……」

「跟我出去！」

在班上同學的注視下，我扯著鄔淑枝的手往教室外面走去。走廊上的人都在看著我，可能我的表情太可怕了。走到一個無人的轉角，我瞪著鄔淑枝問：

「那張新聞是誰交給妳的？」

「妳……妳在說什麼？」

「不要裝傻！就是妳早上交給老師的那張紙。妳平常不會那麼早到學校，妳一定和小Q

有關係！」我憤怒地瞪著她，她的胖臉都被我嚇白了。

「『小Q』是誰？為什麼妳會和這件事有關？」

「我……我不知道……」

「告訴我……拜託！」我緊緊抓住她的雙手，低下頭說：

「看在我們曾經是好朋友的份上……」

「我……」鄔淑枝猶豫地看著我，左右看了半天，確定沒人才小聲地說。

「小Q是隔壁班的一個女生，也是我的小學同學。她的爸爸因為性侵害別人被抓，對方是一個越南來的看護，所以小Q她一直很討厭越南女人，才會對妳作出這種事。」

「從她上次在網路上貼我和白奕翔的照片，妳一直都知道是誰在陷害我？為什麼妳不告訴我？」

「因為她也是我的好朋友……」鄔淑枝把臉轉開，不敢看我。

「我勸了她好幾次，不要做這種事，可是她還是不肯放過妳，說要貼那張新聞出來。今天早上我偷偷跟在她後面，在她貼完以後把紙撕下來，可是被老師發現了，只好把紙交給老師。」

這件事實在太荒謬了，但是我又不由得不相信。

一個我根本不認識的人，竟然會對我做出這種充滿惡意的事？

「我媽媽的這個新聞……還有誰知道？」

「應該只有我和她了吧。」

我喘了幾口氣，讓自己稍微鎮定下來。小Q的身分已經知道了，只要跟老師講，她們應該會去處理。但是阿玉……阿玉她竟然是被壞人……

「小湄……妳還好吧？」鄔淑枝看著我。

我摸了一下臉頰，溼溼熱熱的，不知什麼時候整張臉都流滿了淚水。

「阿玉——」

我終於忍耐不住衝下樓梯，跑過人群，在滂沱大雨裡朝著校門跑去。

強風大雨沖溼了我的衣裙，卻澆不熄我的憤怒與傷心。

「阿——玉——！」

我在雨中吶喊，跌跌撞撞地跑出校門，奔跑在溼冷的馬路上。

三十二、欺騙

「阿玉——妳給我出來！」
「小……小湄？」
颱風就要登陸的狂風暴雨中，我從學校一路跑到了東興橋頭的小吃店，爸爸在店裡擦桌椅，阿玉在廚房準備中午的食料。
聽到我的叫聲，爸爸驚訝地看著店外大雨裡的我。
「小……小湄，妳怎麼了？不是在上學嗎？」
「哎喲，妳怎麼淋得這麼溼！」
阿玉低頭躲著雨跑到我的身邊，拉住我的手。
「快進來，不然會感冒的！」
「放開我！」
我用力把阿玉的手甩開，兇狠地看著她。
「妳騙我！妳騙了我們全家！」
「小湄？」
「說什麼妳回越南老家去了……妳根本沒有回去！」
「我……」阿玉先是一愣，然後眼睛張得很大，露出非常害怕的表情。
「我沒有……」
「先……進來再說。」爸爸把我們兩個拉進了店裡。我喘著氣，臉上的雨水滴在桌上，爸爸到後面去找毛巾，我瞪著阿玉說：
「妳這個騙子……把我和爸爸騙得好慘！」
「我不是……」

「還說不是！妳把錢偷走，離開我們家的時候，是不是被壞人給抓去了？」

「我……」阿玉的臉突然變得蒼白。

「我沒有……」

「我看到那件事的新聞了！」我用力拍著桌子，大聲吼道。「妳是被人家給騙去做噁心的事，對不對？」

「小……小湄！」爸爸手上的毛巾掉在地上，歪嘴的臉上滿是驚慌。

「不……不要亂說！」

「爸！你也被她騙了！」我憤怒地指著阿玉。

「她說什麼回家去了幾年，其實都是假的！她被人抓去新竹，在那裡做……做那種不可告人的髒事！」

砰磅——！

桌椅撞擊聲響起，阿玉整個人摔倒在地上，雙手環抱著身體，不斷發抖。

「阿……阿玉！」

爸爸趕緊跑到阿玉的身邊，把她上半身扶起來。阿玉閉著眼睛，臉上滿是冷汗，嘴唇痛苦地顫抖著。

看到她難過到休克的樣子，我的心像是被刀割著，但是無情的話卻停不下來：「妳……去死好了……」

「我才不要……當過妓女的媽媽！」

啪——！

右臉頰熱辣辣的，剛才發生什麼事了？我張大眼睛，看著爸爸憤怒的臉。

他打了我一巴掌？阿玉一直在騙他，他竟然還反過來打我？

「不……不要亂說！阿玉她太可……可憐了。」爸爸紅著眼，結結巴巴的說。

「她想回越南……卻遇到壞人……用刀逼她……很慘……」

「你早就知道了？」我摀著臉，失聲叫著。

「你們聯合起來騙我？」

「因……因為妳還小……」

「你們一直都在騙我！」我嘶啞地吼著，退到了店門外面。雨水沖打在我身上，世界就像倒轉過來，腦子亂到不行。

「你騙我！她騙我！你們都在騙我！」

「小……小湄！」

「不要過來——我不相信你！」

我哭泣著跑上風雨中的東興橋，爸爸從店裡跑出來，我的腳步卻停不下來。

「小湄！」

「你們騙我！一直在騙我——！」

我向橋的另一端跑去。爸爸的叫聲在身後傳來，驅趕著我逃得更快。

我不要這樣的媽媽，我不要欺騙我的爸爸，我要跑到沒有人知道的地方，沒有人能再背叛我，沒有人能再傷害我——

三十三、颱風

好黑……好冷……

深夜的便利商店裡，我坐在店門旁邊的座位上，頭從桌子上抬起來，茫然地看著玻璃窗外的風雨。

剛才趴著睡著時，好像做了個夢，但是夢的內容已經記不清楚了。

「哈啾——！」

我打了個噴嚏，店裡的冷氣好強，讓制服還沒乾的我不斷發抖。

再這樣下去，應該會感冒吧？

如果發燒到死掉，我就不用那麼痛苦了。

店外的風雨越來越大，劇烈的強風夾雜著大雨，呼嘯著颳過馬路，行道樹的樹枝折斷，機車也被吹倒在地上。店裡的電視不斷播放著颱風登陸的新聞，現在是風雨最強的時刻。

「哈……哈哈……」

我淒涼地笑了，這樣的風雨就像我的心情。從家裡跑出來以後，我像是鬼魂般在街上到處遊蕩，想要去找白奕翔，又怕會被爸爸找到，就一直到處亂走。

最後我在這間離我家很遠的便利商店坐著，一直到了晚上。收銀台後的店員有時會偷瞄我，似乎不明白在颱風天晚上，為什麼還有女學生在外面閒晃？

電視顯示出時間，已經是晚上八點了。爸爸一定很擔心我……不對，他應該會先關心他的阿玉。想到阿玉，我的心頭一陣絞痛。不要再想了，再去想她的事，我一定會發瘋。

碰碰！碰碰！

一個穿著雨衣的高中生瞪大眼睛，從外面拍著我眼前的店面玻璃。

那是白奕翔！他全身溼透了，身邊跟著白狗國王與紅雞，嘴巴張開不知道在說什麼。

為了怕他大叫，我趕緊走出店門。

「汪——汪汪！」

國王朝著我跑了過來，白奕翔彎下腰，撐著膝蓋喘氣：

「呼……我終於……找到妳了……」

「你幹嘛跑來找我？」

「老師……眼鏡……黑仔，大家都在找妳。」

「為什麼大家都在找我？」

「阿玉……哭著打電話給老師……說妳在颱風天冒著雨，不知道跑到哪裡去了，要大家幫忙去找。」

聽到阿玉這兩個字，我的心痛得縮了一下。為什麼還要找我？你們既然騙了我，還會在乎我嗎？

「我們四處找了好久，後來我想到叫國王來找妳，才找得到妳。」

我瞪著對我熱情亂舔的斷尾白狗，沒想到牠這麼老了，鼻子還這麼厲害。

「林曉湄——妳在哪裡？」

「小湄——！」

強風大雨之中，遠方街角傳來呼喊的聲音，白奕翔跑到馬路上揮手大喊：

「在這裡——國王找到林曉湄了——！」

「笨蛋，不要叫別人過來！」

「啊咿？」白奕翔疑惑地回頭看我，我白了他一眼。唉，這傢伙是沒辦法搞清楚我的狀況的。

「小湄——！」

關老師和眼鏡、黑仔穿著雨衣，冒著風雨跑了過來。還好爸爸和阿玉沒有來，不然我實在不知道該對他們說什麼。

「妳沒事嗎？」關老師喘著氣，緊張地抓住我的手。

「老師好擔心妳出了意外。」

「對——對呀。」黑仔說。

「風好大，好可怕！」

看到他們這麼辛苦的在颱風天來找我，雖然心裡很煩很苦，我還是小聲道歉。

「我沒事……對不起。」

「妳怎麼會跑到這麼遠的地方？」眼鏡滿臉都是疑問。

「而且妳今天蹺課，老師們都在問。」

「我……」

「沒關係，人平安就好。」關老師要他們別再問。

「我們趕快回去，讓她媽媽放心。」

關老師想要打手機給我家裡報平安，但是風雨太大，連手機都打不通了。

「林曉湄，妳媽媽哭得很誇張哦。」眼鏡說。

「一直拜託我們來找妳。」

「對——對呀，她好可憐哦。」黑仔說，白奕翔在旁邊一直點頭。

他們知道什麼。

「妳媽媽還說要到溪邊的白奕翔老家去找你，但是白奕翔說妳不在那裡，溪邊又危險，大家才勸住了她。」眼鏡說。
「總之我們快回去，讓她媽媽安心。等一下也要送眼鏡你們回家。」關老師從懷中拿出一件雨衣遞給我。
「現在應該是颱風眼經過，風雨小了一點。大家手牽著手一起走回去，如果路上有東西被風吹過來，要趕快躲開。」
白奕翔他們牽著手走在前面，關老師拉著我的手跟在後面。她把我的手抓得好緊，好像怕我會再跑掉似的。
的確，我也是想要找機會再次溜掉。現在……我還不想回去面對阿玉。
「早上發生那種事，也難怪妳的反應那麼激烈。」關老師在雨中小聲說。
「……」
「不過阿玉在那個事件中是受害者。今天我和她稍微談過了。」
「妳們……談什麼？」
「阿玉因為受不了妳阿嬤禁止她回老家，拿了一些錢跑了出去。但是她在台灣認識的越南人很少，在火車站不知該怎麼做時，被壞人給拐騙了。」
「她真的……有做那種骯髒事嗎？」我的聲音顫抖著。
「時間不長，她很快就逃出來了。」
「那她還是有做嘛！」
關老師的腳步忽然停止，回頭望著我。
「她是被壞人強逼的，就像被強暴一樣。而且性工作不是什麼骯髒事，這對性工作者是一種歧視。」

「……」

「那段時間阿玉身心受到很大的傷害，你爸爸接到警方的聯絡後，馬上就去找她。」

關老師牽著我的手，繼續往前走。

「阿玉覺得沒有臉見妳爸爸，也不敢回妳家。但是你爸爸說服了她，讓她在輔導外籍受害婦女的機構靜養。後來阿玉才鼓起勇氣回到你們家。」

「哼！爸爸真是個爛好人。」

「阿玉本來有幾個機會是可以被送回到越南老家的，妳知道她為什麼沒有回去嗎？」

「誰知道，她不是一直很想回家？」

「因為她說她一定要向妳道歉，那一天沒有去接妳放學。」

「……！」

我的眼眶紅了，用左手摀住嘴巴，不然馬上就會哭出來。

「不要再怪她了，小湄。」

「可是她為什麼要騙我？連爸爸都一起聯手騙我！」

「那是因為他們太害怕了，怕妳沒有辦法接受阿玉回去。」

關老師嘆了一口氣。

「但是這樣是錯的。孩子的心非常敏感，他們可以承受不幸的打擊，但是不能被相信的人欺騙。」

「……」

「老師沒有辦法干預妳家的事，但是我希望妳站在妳爸爸和阿玉的立場想一想，為什麼他們會這麼做。」

關老師看著走在前方的白奕翔。

「要珍惜妳的家人，知道嗎？」

關老師沒有再說話，我們沉默的走在回家的路上，風雨又漸漸大起來了。白奕翔、眼鏡和黑仔三個傻瓜手牽著手走著，還很好玩似地唱起歌來。我摀著雨衣的頭帽擋住雨打，雖然身體很冷，心裡卻像火燒一樣。

老師剛才的話在我心中不停迴響。阿玉她想要向我道歉，所以才回到我們家來？那她為什麼不對我說實話？

如果她老實告訴我，她是被人拘禁才沒有辦法回家，我也不會那麼不信任她。

我的腳步不再像剛才的遲緩，而是加快了速度。雖然心中好亂，但是我想見阿玉和爸爸，想和他們說話。

我還沒有原諒他們，但是我想看到阿玉的臉，想要她告訴我心裡真正的想法……

風雨越來越猛烈了，我們手牽著手，頂著風艱辛地走過積水的馬路。路旁的行道樹被吹倒了好多棵，街上都看不到行人。好不容易走到東興橋頭，橋下的大漢溪水已經暴漲，發出劇烈的沖刷聲。

「咦，那邊圍了好多人耶！」白奕翔指著前面大喊。

東興橋的另一端，我們家的小吃店旁，有十幾個穿著雨衣的人站在水泥欄杆邊，往橋下不知在呼喊些什麼。這些人裡面有附近的鄰居、里長、連警察和消防隊員都來了。消防員正架起大型探照燈，往橋下的黑暗溪水上面照去。

我的心臟突然一緊，有一種很不吉利的感覺。我放開老師的手，朝著橋上的人群跑了過去。

「里長伯伯！發生什麼事了？」

我對人群中胖胖的里長伯叫著，他平常有時會到我們小吃店來吃飯。

「曉湄，原來妳在這裡啊！」里長伯回過頭來。

「妳的爸爸媽媽為了找妳，到橋下溪邊去了！」

三十四、驚變

「你說……爸爸和阿玉到橋下去了？」

「對呀！他們剛才跑到橋下去找妳了！」

看到橋下水位比平常高出幾倍，湍急混濁的大漢溪水，我嚇得臉都白了。關老師和白奕翔也跑了過來，向里長伯詢問。

原來阿玉一直沒有得到我的消息，越來越害怕。她怕我是在溪邊被溪水困住，想要下去找我，但是里長伯和爸爸一直勸她不要。後來里長伯打電話叫警察和消防隊來，可是阿玉等不及消防隊，趁大家不注意時跑了出去。

爸爸發現阿玉不見了，也跟著衝出去，走下橋邊的階梯。里長伯在橋上大叫，他們都沒有回應，黑暗中也看不到人。剛剛消防隊和警察才趕到，已經有幾個人下去找他們了。

「爸！阿玉！」

我還沒有聽完里長伯的話，就想要往橋邊的階梯衝過去，關老師卻把我拉住。

「不要衝動！太危險了！」

「可是他們——」我走到橋邊，往黑暗的溪面看去。在探照燈的照射下，可以看到溪水比平常暴漲好多，連白奕翔的老家鐵皮屋都被整個淹沒。

高架橋的工地也被水淹沒一半，預先堆放好的沙包牆也沒有用。

有幾個穿著橘色救生衣的消防員拿著手電筒，綁著安全繩，小心地沿著溪邊前進搜索。忽然有個隊員大叫：

「找到了！他們在工地的鷹架上面！」

探照燈往高架橋橋墩旁的鐵管鷹架照去，上面有兩個穿著雨衣的人，驚險地攀在洪流間的鐵架上。

「爸爸——阿玉！」我失聲尖叫。

爸爸和阿玉趴在鷹架平台上，溪水水面離他們還不到一公尺，鷹架不斷搖晃，看來隨時都會被洪水沖毀。。

「爸爸——阿玉——！」

我大叫著想往橋下跑去，卻被關老師與里長伯拉住。

「放開我！我要去救他們！」

「不行！太危險了！」

白奕翔、眼鏡與黑仔也嚇得呆住，站在橋邊往下看。

「你們不要亂動，抓住鐵架，我們會來救你們！」

溪邊的消防員大聲叫喊著，爸爸好像也對他們叫著什麼，只是風雨太大，距離又遠，聽不清楚。

「爸——我是小湄！我在橋上！」我嘶吼著大喊，不知道他們有沒有聽到。

有一個消防員從岸邊把一個前頭是鐵勾的繩索往爸爸那裡拋去，失敗了幾次以後，爸爸終於抓住了那條繩子。

「把繩子勾在鐵架上！」

消防員大聲教爸爸把繩索勾緊綁在鐵架上，另一頭他們綁在溪邊的一個水泥柱上。爸爸把繩索綁好以後，消防員把救生衣和救生環盪過去，要爸爸和阿玉穿上。我看著他們，緊張地連呼吸都忘了。

爸爸幫阿玉穿好救生衣後，讓她腰間的救生環勾住繩子，往岸邊慢慢盪過去，在鐵架不斷搖晃中，阿玉終於到達了岸邊。

「成功了——！」
「救了一個人！」
橋上眾人發出了一陣歡呼，我面色發白地看著關老師：
「老師，我一定要下去岸邊，他們要看到我才會安心。」
老師猶豫了一下，點了點頭。
「好，我陪妳慢慢下去，但是妳不要衝動。」
在關老師與白奕翔的陪伴下，我們小心地走下大雨中的階梯。阿玉在溪邊焦急地看著用救生環勾住繩子，慢慢由鷹架上盪向救生員的爸爸。
眼看爸爸快要到了，鷹架耐不住洪水沖刷，發出驚人的響聲，開始解體了！
「哇……啊！」
繩子從鷹架上鬆脫，爸爸連人帶繩子，整個人落進了洪水裡面。
「仁志——！」
阿玉尖叫著跳進洪水，向著爸爸沖去。岸上的幾個消防員趕緊抓住繩子，不讓他們被沖走。阿玉拉著爸爸，兩個人在洪水中載浮載沉。
「爸爸！阿玉——！」
我大叫著朝他們跑去，有個消防員擋住了我，不讓我過去。就在這時，橋墩高處的鷹架，朝著爸爸和阿玉墜落下來。
「不要——！」
轟隆——！
在我的尖叫聲中，鷹架轟然墜落洪水，消防員們拚命拉著繩子，把爸爸和阿玉從水面散落的鷹架間拉到岸上。

我衝到他們身邊，爸爸的身上沒有嚴重外傷，只有十幾處擦傷。但是阿玉……阿玉的後腦被鐵架撞到，有一處好大的傷口，不斷流著鮮血。

「阿玉——妳沒事吧！」我跪在阿玉旁邊，用手壓住她的傷口，大聲叫著她的名字。她的雙眼緊閉，滿臉都是鮮血。

消防員大聲呼喊，要橋上的人搬急救器材下來。爸爸爬了起來，和我一起呼喚著阿玉。

「阿……阿玉！」

「阿玉！」

「小……湄？」阿玉的眼睛微微睜開，聲音微弱地說。

「妳……沒事嗎？」

「我沒事！妳不要擔心！」

我哽咽著壓著她的後腦傷口，可是鮮血還是一直從指縫湧出來。爸爸歪嘴的臉上滿是淚水，緊抓住她的手：

「阿玉！阿玉！」

「仁志……你沒事……太好了……」

「阿玉！」爸爸抬起頭，對旁邊的人哭喊著。

「快來人啊，趕快來救她啊——！」

負責急救的隊員還是沒來，阿玉臉色越來越蒼白，血流得越來越多，我不由得放聲哭喊：

「媽媽……不要死啊！媽媽！」

「小……湄……」

「媽媽！」

我抓住她的手，阿玉顫抖著回握。

「妳終於……叫我……媽媽……了……」

「媽——媽！」

「阿玉！」

急救人員終於來了，我和爸爸被推開，看著他們用氧氣罩和救護裝備對媽媽施行急救。

我跪在地上，害怕得不斷祈禱，上天啊，救救媽媽吧！

你要我付出任何代價我都願意，求求您，救救媽媽——

三十五、打鬼

在那個可怕的颱風夜裡，媽媽雖然被緊急送到醫院，但是因為腦部受創嚴重，失血太多，醫生還是在兩天後宣布她腦死過世。

聽到媽媽死亡的消息，爸爸的臉色白得嚇人，連一句話都說不出來。我抱著爸爸不斷痛哭，眼眶哭腫淚水哭乾，還是喚不回媽媽的生命。

為什麼我會一直在意被拋棄的怨恨，沒有把她對我的好放在心上？

不管過去她發生了什麼事，她都還是最愛我的人，我卻連叫她一聲媽媽都不願意。

她是為了找我才會下去溪邊，等於是被我害死的。我真的是個大爛人，要是死的是我多好！

爸爸為了讓媽媽安心地走，堅持要自己來處理所有喪事，聯絡媽媽越南那邊的親人。

白奕翔也很難過，來家裡幫了不少忙，但是我沒有心情和他說話。

阿嬤在媽媽死了以後，倒是說了幾句她的好話，不過現在才說還有什麼意義呢？

就像我再怎麼後悔，也無法讓媽媽起死回生。要是我那一天沒有跑出去，要是我再早一點回家，要是我願意聽她解釋……

明天阿玉就要出殯了，家裡堆著許多紙蓮花和金紙銀紙。今天的夜空就像那可恨的颱風還沒有離開似的，一直下著大雨。我坐在房間地板上發呆，想像媽媽還會推門進來，叫我的名字。

「媽……媽……」

我的眼睛又被淚水模糊了，這時我忽然注意到一條細長的影子。那條影子是從桌邊放著的舊球棒拖出來的。

鬼打棒……突然一個念頭躍入腦海，我拿起鬼打棒，雙手不停顫抖。

「不能讓媽媽……被怪鬼帶走！」

我抱著鬼打棒就往家門外跑，滂沱大雨中，我跑到了白奕翔的姑姑家樓下。

我用手機打給白奕翔，把他給叫了下來。白奕翔看見我手上的鬼打棒，露出驚慌的表情。

「妳……該不會要去……」

「求求你，和我一起去打怪鬼！」

「不……不行！」

白奕翔的表情扭曲著。

「我不打，妳也看到過……怪鬼，不是壞人……」

「你不去，我就自己去！」

全身溼透的我舉著鬼打棒，瘋狂地叫喊：

「我不會讓媽媽被帶走！你到底要不要去！」

「我……小湄！」

我不再理他，抱著鬼打棒就往後跑。大雨不斷地落在我的身上，白奕翔在後面追著我。

「小湄！妳不要亂來！」

「不管！我一定要去——！」

我和白奕翔一前一後，在黑暗雨中的馬路巷弄間鑽著跑著，很快就來到了我家公寓的前面。

阿玉的靈堂搭在公寓門前的馬路旁邊，是一座用藍色塑膠布與竹竿搭成的簡陋靈堂。安置遺體的冰櫃放在後面的黃布隔間。

我拿著球棒在靈堂的旁邊停了下來，不讓在裡面守夜的爸爸看到我。

「小……小湄！」

「噓！」

我要從後面追上來的白奕翔不要說話，看著手錶，現在是晚上十一點多，怪鬼應該隨時都會出現。我和白奕翔躲在靈堂旁邊的一處人家門口遮雨棚下，白奕翔小聲地說：

「師父說我們不能再去惹怪鬼的，不然會很危險。」

「我才不管那些呢！」

話雖然如此說，我的心中還是想到樹浪之前說的話。

在我們升上二年級的那個暑假，樹浪請我和白奕翔、闕老師去他們部落玩了幾天。那是一個美麗的山間村落，可是在去年颱風受創嚴重，國中和國小的校舍都被土石流給沖毀了。樹浪和村中年輕人配合政府工程來重建部落，樹浪說他以後可能有很長一段時間都會待在部落，還說校舍完工後要請闕老師到部落學校教書，老師紅著臉，也不知道後來有沒有答應。

在臨走之前，樹浪對我和白奕翔提到怪鬼的事。

「因為之前的事，現在你們還是能看得到米瓦。但是要記得，千萬不能再去招惹他們。」

「為什麼？」白奕翔問。

「怪鬼……米瓦不是死者的親人變的嗎？他們應該是好人啊。」我問。

樹浪說在傳說中，米瓦會攻擊所有阻止他任務的人，甚至會把對方打成傷殘或死亡。只有對小孩子米瓦才會手下留情。

「當死者的靈魂化身米瓦時，他們不會有人類的理性。為了達成任務，他們會變得暴躁易怒，非常危險。」
他的表情非常嚴肅。
「你們已經不再是小孩了，不管發生什麼事，千萬不要再去招惹米瓦。」
「怪……怪鬼來了！」
白奕翔的低吼把我從回憶中驚醒，我抬頭一看，在靈堂後方馬路的黑暗中，海潮聲隱約傳來。
一高一矮兩個黑色怪鬼，從昏暗的路燈下緩緩現身，扭曲的四肢跨著詭異的步伐，朝著這裡前進。
看到怪鬼的怪異模樣，我忍不住全身顫抖，冷汗流滿了臉上。
但是我……絕對不要失去媽媽！
「咿——啊——！」
「小湄……不要！」
我學著白奕翔以前的模樣，雙手高舉鬼打棒，在深夜大雨之中，往怪鬼衝了過去。

三十六、再次回頭

好痛。

我躺在客廳的角落，額頭痛得像要裂開，耳朵嗡嗡作響。

一朵朵的黃色紙蓮花，雜亂地掉在我眼前的地板上。

討厭的紙蓮花。

我忍著劇痛站了起來。月光從窗戶照進昏暗的室內，時鐘指著凌晨兩點。

喪禮用的金紙銀紙與紙蓮花串散落客廳。

怎麼會弄得這麼亂？

我走向紙蓮花，伸手想要把它收拾整齊。

「——！」

手指從紙蓮花上穿了過去，就像我的手沒有實體一樣。

心跳嚇得都要停了。

為什麼我碰不到紙蓮花？

「咿啊——啊啊——！」

一陣男孩的吼叫聲從窗外傳來，我向鐵門走去，竟然輕飄飄地穿過了鐵門。

我走下樓梯，來到破舊公寓的大門外。

豌豆大的雨滴從夜空傾盆而下，寒風夾著雨點從我的身體穿過，卻打不溼我的衣裙。大門上貼著一張白紙，「喪中」兩字被雨打溼，糊成一團難認的墨漬。

門前狹窄的巷弄裡，一座用藍色塑膠布與竹竿搭成的簡陋靈堂淒然樹立。

靈堂門口的喪燈被寒雨打得不停搖晃，昏黃燈泡時明時滅。

那是……誰的靈堂？

（那是……媽媽的靈堂。）

聽到背後傳來的熟悉聲音，我猛地轉身。

和我長得一模一樣的白色少女站在我的身前，雙眼凝視著我。

「白湄！」

「好久不見了……小湄。」白湄說。她的形象頗為模糊，有點半透明的感覺。

「我……我怎麼了？怎麼頭會這麼痛？」

「妳忘記了嗎……剛才發生的事？」白湄說。

「大概是因為妳的頭撞到了牆壁，才會忘記。」

「嗚！」我的額頭又在劇痛起來。

「我帶妳……去看……」白湄握住我的手。我怎麼碰得到她？

這時我才發現，我的手和身體也都變成白色的。

小湄牽著我往家門口走去，我們一起穿過鐵門，來到樓上的家裡。

在客廳的雜物與紙蓮花後面，有一位全身淋溼的馬尾少女倒在牆邊，她的額頭流著鮮血，雙眼緊閉，看來十分痛苦。

「那是……我？」我吃驚地問。

「正確來說，是『我們的身體』。」白湄說。

「我和妳……是『林曉湄』的兩個靈魂。剛才妳被怪鬼追逐逃到家裡，卻被怪鬼打飛，額頭撞到牆壁受了重傷，我們兩個靈魂才會離開身體。」

「兩個靈魂……都離開了身體？」

「是的。平常人的兩個靈魂是重疊在一起的，但是我們剛才受了重擊，所以兩個靈魂分開了。」

聽了白湄的話，我慢慢想起來了。剛才我在靈堂外面想要去打怪鬼，沒想到怪鬼非常兇悍，一揮手就把我的球棒給打掉。還是白奕翔撿起球棒幫我抵擋怪鬼的攻擊，我才沒有當場被打死。

白奕翔要我往家裡逃走，他在後面抵抗怪鬼。我逃上樓梯，才推開家裡的鐵門，就被後面追來的另一隻怪鬼給一腳踢中，撞在客廳牆上……我突然驚覺。

「白奕翔危險了！他為了救我……」我想要往樓下跑，卻被白湄拉住了。

「太晚了。」

「妳說什麼？」我驚慌地大叫。

「我要去救他！」

「妳現在自身都難保，而且就算妳去了，也救不了他。」

「可……可是！」我這時才發覺到自己做了什麼蠢事。

我明知就算去打怪鬼，也無法讓媽媽起死回生，為什麼我還要把白奕翔給牽連進來？他為了救我而不顧性命，如果他有了萬一……我……我……

「……有一個救白奕翔，還有救媽媽的方法。」

「什麼？」

我猛然轉頭看著白湄。

「什麼方法？妳快說！」

「其實之前……我曾經出現在妳的夢裡一次。」白湄露出遺憾的表情。

「就是在颱風來的那天晚上，但是妳把心封閉了起來，所以我沒有能把妳喚醒。現在……我們要再試一次。」

「再試一次？」

「就是……」

白湄告訴我，樹浪在她帶我進入白奕翔心的那一天晚上以後，告訴她不要再現身。因為維持她的靈魂存在的力量很弱，如果勉強現身或對我說話，她可能就會消失了。

所以後來她只是默默地附在我的身上，以積蓄靈魂的力量。

「這個地方，這個時刻，就是之前的我前往過去時間的起點。到了這裡，我終於想起所有的事。」白湄說。

「現在我要帶著妳，再一次前往過去。」

「前往過去？」

「我們的身體無法回到過去，但是靈魂可以經由『神靈的空間』，回到過去自己的身邊。」

白湄說的話把我都給搞迷糊了，簡單的說，就是她可以帶著我，回去找過去的我。

「那種事真的有可能辦到嗎？」

白湄看了我一眼，又看著地上躺著的，受傷的我們的身體。

「我……終於明白，為什麼我會回到過去與妳相遇。一切的經驗，都是為了現在這一刻。」白湄臉上的微笑帶著傷感。

「我要把所有讓我存在的力量，都用在帶妳回去上，妳準備好了嗎？」

「我……」

「跑吧——！」

白湄拉著我的手，往大門外的樓梯衝了下去，我不由自主地邁開腳步，和她一起用力奔跑。我們穿過鐵門，跑進滂沱大雨的馬路上。

怪鬼用奇怪的腳步走進媽媽的靈堂，鬼打棒掉在地上。

爸爸在靈堂外面的大雨中，抱著倒在地上的白奕翔大叫。

這一切我都看在眼裡，但是我們的腳步沒有停止，朝著巷口的黑闇不斷地奔跑。

白湄的想法流進我的心中，我漸漸明瞭了一切。

我們要跑向那一天。

跑向決定我們命運的，那一個時刻。

三十七、我與我

好黑……好冷……

我抬起頭，發覺自己站在一片黑暗又冰冷的空間裡，這裡是什麼地方？

我知道了，我一定是在作夢，好清楚的夢境啊。

沒想到我從家裡跑出來以後，在便利商店想要趴在桌子上睡一下，竟然就做了夢。只是這個黑色的夢也太無聊了，既然要做夢，怎麼不做些美好的夢呢？

比如說小時候的夢，那時阿玉還沒有背叛我，還沒有被人騙去做骯髒事。小時候的我好幸福，有一個愛我的爸爸，還有一個可以全心信賴的媽媽。

我記得我們去了木柵動物園，媽媽準備好便當，在路上唱著溫柔的小曲，爸爸把我背在肩膀上，陪我一起看動物。那時我的世界是彩色又美麗的，只要有爸爸媽媽在，我就不會有煩惱。

「你們騙我！一直在騙我——！」

腦海裡響起今天早上，我對爸爸喊的最後一句話。

爸爸和阿玉會來找我嗎？他們會擔心我嗎？

不會的，這種颱風的日子。對我說了那麼多謊話的人，又怎麼會關心我呢？

「妳錯了。」

一個少女的聲音在我的背後響起，我轉頭一看，和我長得一模一樣的白色少女站在我的身旁，雙眼紅腫地看著我。

「妳是……白湄？」

「我不是白湄。」白色少女低著頭，哽咽著說：「白湄……就在剛才，已經永遠消失了。」

「白湄她——永遠消失了？」我失聲叫了出來。
「因為妳……也就是我的愚蠢，白湄用盡了她存在的力量，才把我帶到這裡來。」
「妳……到底是誰？」
「未來的妳的靈魂。」
「未來的我？」
我害怕地後退了一步。未來的我，為什麼會到我的夢裡來找我呢？
「妳想知道……未來發生什麼事了嗎？」
「我不想知道！」我轉過頭，用手指把耳朵摀住。有一種很不祥的預感，讓我不敢聽她所說的話。
「妳——也就是我。」少女的話鑽過手指，在我的心中響起。
「一直裝作看不見媽媽對我的好，沉溺在自卑自憐裡。」
「我沒有！」
「妳有。妳一直在傷害媽媽。」
「是她先背叛我的！而且她和爸爸還欺騙了我！」
「那種事情，和失去親人的痛苦比起來算得了什麼？」少女走到我的面前，雙眼凝視著我。
「不要再逃避了。」
「可是……」
「因為我們的自私愚蠢，白湄……我們的另一個靈魂，理性、冷靜的她，就這麼永遠的消失了。」

晶瑩透明的淚水，從白色少女臉頰滑落。
「白湄用盡一切的力量帶我回到這裡，就是希望我們能夠伸出援手，拯救最重要的人。現在是我們從夢魘裡醒來，做該做的事的時候了。」
「但是我……該怎麼做……」
少女含著淚水，微微地笑了。
「聽我說——」
「——！」
深夜的便利商店裡，我在店門旁邊的高椅上，從桌子上猛然抬頭。
窗外的風雨嘶吼，颱風正在街道上肆虐著。
剛才趴著睡覺時，好像做了個夢，但是那個夢……那個夢是……
我想起來了！
我從椅子上跳了下來，剛才趴了太久，腰痠背痛的，但現在也不管這些了。收銀台後的店員用奇怪的眼光，看著我從店門口衝了出去。
才跨出店門，強烈的狂風暴雨幾乎把我吹倒。
我向前張望大雨的街道，果然有一隻斷尾白狗從街角跑了出來。
「國王，我在這裡！」我對著白狗大叫。
「汪汪汪！」
國王吠叫著朝我跑了過來，一個穿著雨衣的高中生追在牠的後面。
「曉湄！找到妳了！」
「白奕翔你沒事……真是太好了！」

我發抖著握住他的手，他奇怪地看著我：

「我當然沒事，妳怎麼了？」

「現在不是說這個的時候！快跟我來！」

「啊咿？」

我拉著白奕翔在風雨交加的夜晚馬路上奔跑，前面路上的關老師、眼鏡與黑仔看到我們朝他們跑過去，都是一副驚訝的表情。

「林曉湄！妳去哪裡了？」

「關老師，大家快跟我來！」我焦急地向他們大喊。「快一點！」

「妳要去哪裡？」老師問。

「我的爸爸媽媽，他們有危險了！」

「什麼？」

我沒有時間向他們解釋，拉著白奕翔就往我家的方向衝了過去。關老師他們雖然搞不清楚狀況，還是急急忙忙的追在我們後面。

颱風眼還沒到，眼前的風雨還是很大，許多行道樹都被吹倒，到處積著及膝的大水。頂著迎面而來的強風，我們拚命地跑著。

雖然剛才的夢記得不太清楚，但是那個白色少女把她的心情與記憶傳達了給我。阿玉……不對，是媽媽！她和爸爸正處於極大的危險之中！

在我跑得喘不過氣來的時候，白奕翔扶著我繼續往前跑。

他彷彿感受到我的緊張，盡他的所能來幫我。

穿越好幾條積水的馬路以後，下面流著滾滾洪水的東興橋終於出現在眼前。還好，橋上沒有人群也沒有消防員，這表示爸爸媽媽應該還是安全的。

「爸——媽——！」

我喊叫著往東興橋的另一端橋頭奔跑過去，就在我們快要到達時，橋頭小吃店裡，一個胖胖的大叔從店門口跑了出來。我朝著他大喊：

「里長伯！」

「曉湄！妳怎麼會在這裡？」

「我……我的爸爸媽媽呢？」

里長伯滿臉焦慮的指著橋下。

「妳爸爸為了找妳媽媽，剛才下到溪邊去了！」

「什麼——？」

三十八、真心

「爸爸！媽媽！」

聽到里長伯的話，我馬上就從橋頭的階梯走了下去，白奕翔也跟在我的後面。大雨讓階梯變得很溼滑，我們是用爬的爬下去的。

關老師、眼鏡與黑仔才剛到橋上，正在和里長伯說話，等他們注意到我們時，我和白奕翔已經驚險地爬到洪水旁的岸邊了。

「太危險了！」關老師和里長伯在橋上對我們大叫：「你們快上來！」

「我要救——爸爸和媽媽！」

我朝著他們大叫以後，拉著白奕翔往高架橋工地的方向跑去。

溪水暴漲得好高，岸邊離洪水面只有短短的半公尺高，看來隨時都會被淹上來。

我和白奕翔辛苦地走在泥濘積水的泥土溪岸上。

繞過被淹沒一半的鐵皮屋後，我們看到一個穿著黃色雨衣的矮胖男人。那是爸爸！他正在岸邊尋找著阿玉，我朝著他跑了過去。

「爸！我在這裡！」

「小……小湄，妳沒事！」爸爸看到我，歪著嘴巴高興地喊著。

「我很好！媽媽呢？」

「阿……阿玉跑下來找妳，現在不知道在哪……」

「我知道！她跑到鷹架那裡去了！」

我帶著爸爸和白奕翔，往高架橋橋墩工地的鐵管鷹架那裡跑去。

鷹架的底部已經快要被洪水淹過了，有一個女人在上面四處張望，像是在尋找什麼似的。看著思念到心痛的那人，我放聲高喊：「媽媽——！」

「小湄！」媽媽回過頭來，驚喜地叫道。

就在這個時候旁邊洪水的水面突然升高，一波大水朝著鷹架底部淹了過去。

「媽——危險！快跑過來！」

媽媽聽到我的大叫，回頭爬下鷹架階梯，在窪地上朝岸邊的我們跑了過來，但是洪水來得好快，不斷地在後面追著她。我衝過去趴倒在岸邊，朝著下面跑過來的媽媽伸出雙手。

「媽，快來！」

「小湄！」

在我抓住媽媽的時候，洪水淹上了她的腰部，一股大力就要把我們沖走的那一瞬間，後面有四隻手緊緊的抓住我們。

「小湄！」

「咿啊——！」

爸爸和白奕翔從後面抱住我們，把我和媽媽從洪水裡往岸上拉。

但是洪水的沖力好大，一直把我們往水裡拖。

在他們快要支撐不住時，關老師、里長伯、眼鏡與黑仔及時趕了過來，大家合力，終於把我和媽媽救到了岸邊高處。

「呼……呼……」

「好險啊！」白奕翔喘著氣。

「差一點……就完蛋了啊！」

看著腳下湍急而過的洪流，大家癱坐在高處的水泥地上，大口喘著氣。

媽媽看著我，臉上滿是擔心。

「小涓！妳剛才那樣太危險了，要是連妳也出事……」
媽媽還沒說完，我已經抱住了她，放聲大哭。
「媽媽——！」
「小涓……」媽媽看著我，不敢置信地說：「妳叫我什麼？」
「媽媽……妳是我媽媽，我最愛的媽媽！」
「小涓！」
媽媽抱住了我，我們相擁大哭，眼淚怎麼都止不住。
爸爸聽到我叫媽媽，也抱著我們哭個不停，旁觀的眾人眼眶都紅了。最後還是在里長伯的勸解下，大家才趕緊離開了危險的溪畔。
走上階梯的時候，媽媽牽著我的手，小聲地問：「小涓……妳能夠……原諒我了嗎……」
「不管妳過去發生了什麼，妳永遠是我的媽媽！」
「小涓……！」
我們爬上階梯到了橋上，看到颱風的風勢減弱，雨也慢慢停了。
白奕翔對著天空的烏雲雲層大吼：「颱風——走掉啦——！」
「還沒有呢，奕翔。」關老師說。「我們現在是在颱風眼裡面。」
「那——那它什麼時候會走？」黑仔問。
「等到颱風鼻、颱風嘴都過去了，它才會走囉。」眼鏡說。
「啥？颱風還有鼻子和嘴巴？」黑仔瞪大了眼睛看著雲層。
「鼻孔在哪裡？」

「哈哈哈！」大家都被他們逗笑了。

爸爸媽媽和我握著手，在店門口看著雨勢變小的雲層。我知道颱風眼過了以後，等一下還會有狂風暴雨出現，但是握著他們溫暖的手掌，我什麼都不怕。

只要風雨過去，就會有晴朗的天空。

三十九、尾聲

「阿翔，湄公河真的好清澈，還有那些漂亮的木船，船上還住了很多人哦。」
「知……知道啦。」
「還有還有，他們夜市也有賣月餅，還有做得像小豬形狀的耶！我有沒有和你說過？」
「妳早就說過十幾遍啦！」
暑假的某一個下午，我拉著白奕翔坐在溪畔的石頭上，說著我上個月和爸爸媽媽去越南，探望外公外婆的經歷。
「胡志明市真的好漂亮，媽媽家裡的人對我很好。」我懷念地嘆了一口氣。
「我都有點不想回來了。」
「妳不想回來？」白奕翔轉頭望著我。看到他擔心的眼神，我不禁笑了。
「那只是一個比喻，其實我還是會回來的。」
「又……又是比喻。我聽不懂。」
「你是不是擔心我不回來啦？」
「我很擔心！」白奕翔大聲地說。
「怕妳不回來了！」
「……」這個只會實話實說的傢伙，害我的臉也跟著燙了起來。
就在我們紅著臉相對，不知該說些什麼時，一陣豪邁的叫聲傳來。
「阿翔、小妹妹！我們來看妳們了！」
樹浪騎著他的舊三陽機車，載著關老師從巷子裡轉了出來，停在溪畔的空地上。
我和白奕翔迎了上去：
「老師，好久不見了！」

「師父！」
「小子，你長得比師父還高啦。」樹浪高興地拍著白奕翔的肩膀。
白奕翔是又長高，臉也變長了。他如果把亂亂的頭髮剪個新潮髮型，外表打扮一下，也還算個天然系帥哥。不過我可不想幫他打扮，免得被其他的女生發現。
「曉湄也變漂亮了，已經是個正妹囉。」關老師微笑地看著我。
「猴……猴子變正妹！」
「你欠打哦！」我敲了白奕翔頭一下，大家都笑了。
樹浪和關老師與我們坐在大石上敘舊。關老師已經不在我們學校了，她搬到台東樹浪的部落，還考上那裡學校的正式老師，大家都很為她高興。他們兩人還是很關心我們，常常與我們聯絡。
「妳和阿玉後來都還好嗎？」關老師說。
「都很好，謝謝老師！」我高興的說。
媽媽現在比較能被阿嬤接納，交了不少新朋友，也越來越常笑了。我也常陪著她說話，教她寫國字，把兩個人之間的空白慢慢填補起來。
「以後大學我想去唸心理輔導系，和老師一樣去幫助人。」我說。
「真的嗎？」關老師驚喜地笑了。
除了這個原因以外，還有一個原因是我想更了解亞斯伯格人，特別是他們怎麼談戀愛。不過這可不能讓那傢伙知道。
「這次來找你們，是要告訴你們一個好消息。」樹浪笑著說。
「什……什麼好消息？」白奕翔問。

「我們下個月就要結婚了。」闕老師有點臉紅地說。

「真的嗎？」

「太好了！」

我和白奕翔都歡呼起來，國王和將軍在旁邊也叫了起來，好像在幫他們慶祝。後來闕老師先上去店裡找我媽媽聊天，樹浪偷偷問我們。

「後來……你們還有再看到米瓦嗎？」

我和白奕翔互看一眼，笑著對他說：「沒有了！」

「那一根鬼打棒呢？」

「我們捐給附近的少棒隊，給他們拿去打棒球了。」白奕翔說。

「太好了！」樹浪拍了拍他的肩膀，露出放心的表情：「過去的事，就讓它過去吧。」

「嗯！」

要離開溪岸的時候，我突然有種奇異的感覺，回頭一看。

「白湄？」

背後的溪水，反映著耀眼的陽光。

那位白色少女如果看到今天的我們，一定也會為我們高興的。

樹浪已經走上去了，白奕翔在通往橋頭的階梯上，對我伸出手來。

我握住他溫暖的大手，小聲地說：

「阿翔……」

「咿啊？」

「很謝謝你。」

「不……不客氣。」

看著他那帶著傻氣的燦爛笑容，我也不禁笑得開懷。

「我們快上去吧，不要讓大家久等囉！」

「咿呀——！」

後記

感謝您閱讀了《鬼打棒》，這部作品的出版經過許多波折。因為它的題材特別，不太能歸類於傳統的少年小說。感謝秀威出版社的協助，讓它有與讀者見面的機會。

家父於筆者就讀高中時因車禍而去世，接著阿嬤、阿公和姑丈也在數年內相繼病逝。死亡的陰影對於我的創作有深刻的影響，例如輕小說《黃泉坡》與少年小說《鯨海奇航》，都是以死後世界為主題的作品。

筆者於國中任教，常會接觸到亞斯伯格症的學生。有些學生那無法預料的脫軌舉動，讓我明白亞斯伯格症人在學校與社會裡，是多麼需要被了解與幫助，但是有關知識與如何與他們相處的觀念卻很不普及。

有一天在我臨睡恍惚之間，某個畫面忽然閃現在腦海，那是一個少年為了不讓他死去的親人被帶走，獨自拿著球棒在黑暗中與怪物搏鬥。我興起了描寫這個憤怒、孤獨、傷心又不知如何表示的少年的念頭。

筆者也有很多來自新住民家庭的學生，他們在班級的適應與其他同學家長對他們的態度，也有很多值得我們瞭解之處。林曉湄及阿玉在學校與家庭中的遭遇，也是新住民在台灣遇到問題的一個縮影。

其他角色還有面臨部族傳統流失問題的原住民青年、熱心但不被重視的流浪代課輔導老師、遇到隔代教養難題的拾荒老人、在班上被歧視的弱智學生。

他們都是社會上的邊緣人、弱勢者，但是靠著互相關心和胸中的一點勇氣，讓他們能夠在城市最陰影的角落，合力度過各種社會歧視與靈異事件的難關，展現出人性珍貴的一面。

感謝我在國立台北教育大學語文與創作研究所的指導教授恩師張子樟老師，以及廖玉蕙、張春榮兩位教授，讓這部作品能順利誕生。

謝謝秀威出版社的喬齊安編輯邀稿、秉學編輯與美術編輯的用心，讓本書能以具有質感的方式與讀者見面。

如果您對作者的其他作品有興趣，都很歡迎到臉書粉絲頁「作者逸清-蕭逸清」或部落格「逸清的創作樂園」來交流。

在我重新校對本書的期間，家庭裡也快要有新生命的誕生。回首往事，人生如同死與生的循迴，抬頭向前，就能同時望見陰影與光明。

《鬼打棒》就是這樣的一個故事。

釀冒險20　PG1629

鬼打棒

作　　者　　蕭逸清
責任編輯　　辛秉學
圖文排版　　周妤靜
封面設計　　王嵩賀

出版策劃　　釀出版
製作發行　　秀威資訊科技股份有限公司
114 台北市內湖區瑞光路76巷65號1樓
電話：+886-2-2796-3638　傳真：+886-2-2796-1377
服務信箱：service@showwe.com.tw
http://www.showwe.com.tw
郵政劃撥　　19563868　戶名：秀威資訊科技股份有限公司
展售門市　　國家書店【松江門市】
104 台北市中山區松江路209號1樓
電話：+886-2-2518-0207　傳真：+886-2-2518-0778
網路訂購　　秀威網路書店：http://store.showwe.tw
國家網路書店：http://www.govbooks.com.tw
法律顧問　　毛國樑　律師
總 經 銷　　聯合發行股份有限公司
231新北市新店區寶橋路235巷6弄6號4F
電話：+886-2-2917-8022　傳真：+886-2-2915-6275

出版日期　　2017年10月　BOD一版
定　　價　　340元

Printed in Taiwan

國家圖書館出版品預行編目

鬼打棒 / 蕭逸清著. -- 一版. -- 臺北市 : 釀出
版, 2017.10
面； 公分
BOD版
ISBN 978-986-445-217-0(平裝)

857.7 106013114

讀者回函卡

感謝您購買本書，為提升服務品質，請填妥以下資料，將讀者回函卡直接寄回或傳真本公司，收到您的寶貴意見後，我們會收藏記錄及檢討，謝謝！
如您需要了解本公司最新出版書目、購書優惠或企劃活動，歡迎您上網查詢或下載相關資料：http:// www.showwe.com.tw

您購買的書名：________________________________
出生日期：________年________月________日
學歷：□高中（含）以下　□大專　□研究所（含）以上
職業：□製造業　□金融業　□資訊業　□軍警　□傳播業　□自由業
　　　□服務業　□公務員　□教職　□學生　□家管　□其它_____
購書地點：□網路書店　□實體書店　□書展　□郵購　□贈閱　□其他
您從何得知本書的消息？
□網路書店　□實體書店　□網路搜尋　□電子報　□書訊　□雜誌
□傳播媒體　□親友推薦　□網站推薦　□部落格　□其他__________
您對本書的評價：（請填代號　1.非常滿意　2.滿意　3.尚可　4.再改進）
封面設計____　版面編排____　內容____　文／譯筆____　價格____
讀完書後您覺得：
□很有收穫　□有收穫　□收穫不多　□沒收穫

對我們的建議：________________________________

____

____

____

請貼
郵票

11466
台北市內湖區瑞光路 76 巷 65 號 1 樓
秀威資訊科技股份有限公司 收
BOD 數位出版事業部

（請沿線對折寄回，謝謝！）

姓　　名：＿＿＿＿＿＿＿＿ 年齡：＿＿＿＿ 性別：□女　□男

郵遞區號：□□□□□

地　　址：＿＿＿＿＿＿＿＿＿＿＿＿＿＿＿＿

聯絡電話：(日)＿＿＿＿＿＿＿＿ (夜)＿＿＿＿＿＿＿＿

E-mail：＿＿＿＿＿＿＿＿＿＿＿＿＿＿＿＿